ジャポニスム謎調査

新聞社文化部旅するコンビ

一色さゆり

双葉文庫

目次

ジャポニスム謎調査

新聞社文化部旅するコンビ

一色さゆり

序章

自分に嘘はつきたくないんです。役者って、役を演じなきゃいけないけれど、自然体だからこそできる演技も、あると思うんですよね――。人気女優の聴き心地のよい声をヘッドホンで流していた山田文明(やまだふみあき)は、眼鏡を上げて目頭を押さえた。「自然体か」と呟き、大きく伸びをする。取材をしたときの彼女の笑顔を思い出していると、どこからともなく肉まんの匂いが漂ってきた。

ん、肉まん?

「おっつー、山田!」

背後から肩を叩かれ、心臓が口から飛び出そうになる。ヘッドホンをとってふり返ると、雨柳円花(うりゅうまどか)がコンビニ袋を持って、山田のパソコン画面を覗きこんでいた。三十分ほど前から姿を見ないと思っていたが、やっと戻ってきたのか。

「なんの記事を書いてるの」

「森崎（もりさき）ナナのインタビューだよ」

「漫画家さん？」

「おいおい、今もっとも旬な若手女優じゃないか。最近、事務所を電撃移籍したっていう話題で、週刊誌やネットニュースをにぎわしている——あ、ほら、ちょうどCMがやってるぞ。あの子が森崎ナナだよ」

山田は天井から吊り下がったテレビモニターのひとつを指した。数台並んだ小型テレビでは、各チャンネルの番組が無音で流れている。

「かわいい子じゃない。なになに、自然体でいたい、か。いいこと言うね、山田も見習ったら？」

円花はとなりの席に腰を下ろし、袋から肉まんを出した。肉まんの匂いをさせていたのは、やっぱりこいつだったか。

「そうだな、君のことも見習いたいよ」

「ハ、ヒ、ハ、ホ」

円花は肉まんを口いっぱいに頬張りながら、笑顔で答えた。「ありがと」と言いたかったらしい。自然体すぎるだろう。こっちは嫌味のつもりだったのに。山田が呆れていると、円花は慌てた様子で「そうだよね」と言い、半分に割った肉まんを差し出す。

「一口、食べる？」

「いりません」

「じゃ、これあげるから、つづき頑張って」

円花はコンビニで買ってきたトッポの箱から一袋を出し、山田の机に置いた。

今年三十歳になる山田よりも四歳年下の円花は、東京本社の文化部に配属されて一ヶ月にも満たない。にもかかわらず、肩ひじ張ったところはなく、誰よりものびのびと振る舞っている。とくに山田には早々に敬語を使うのをやめ、呼び捨てにしてくる。その代わりに自分のことも「円花」と呼んでいいと、頼んでもいないのに許可された。恋人じゃあるまいし、女性を下の名で呼ぶなんて抵抗がありすぎる。

「それより、さっき頼んだ美術展情報の整理は？」

「安心して！　三月は面白そうな展覧会が目白押しだから」

円花は親指を立てた。展覧会のラインナップじゃなくて、作業の進行具合を心配しているのだけれど、と山田は心のなかで呟(つぶや)き、ヘッドホンをつけ直した。パソコン画面右下の時計は、すでに十五時を過ぎている。提出まで一時間もない。毎年、番組改編期に当たる春と秋は、芸能人のインタビュー記事が増えるので、「文芸アート」担当の山田も助っ人としていくつか原稿を任されていた。

ここは伝統ある全国紙、日陽(にちよう)新聞東京本社のオフィスだ。

東京湾沿いに位置し、窓からは海が見える。

本社のうち、旧館には政治、経済、社会を意味する「政経社」三部をはじめ、紙面のレイアウトを決める整理部や、編集会議が行なわれる局長室などがある。新館には、文化部の他に科学医療部やスポーツ部が配置されている。

夜討ち朝駆けでスクープを追いかける政経社に対して、文化部は腰を据えて文化にまつわる発見や考察を報じる。どちらも種類の違う大変さがあるが、いわゆる「サキグミ」といって、たいてい文化部の記事は数日前にレイアウトが決定し、原稿の準備時間にも余裕があるので、社内ではもっとも優雅な部署だとよく揶揄される。

そんな文化部に所属する記者は三十名余り。書籍、美術、映画、演劇、服飾、テレビ芸能、囲碁将棋、生活全般などを数名ずつで担当し、関連する時事ニュースやスクープを追って、いわゆる「トクオチ」を防いでいる。しかし繁忙期は分野によって異なるので、今回のように記者が担当をまたぐこともあった。

静岡総局から異動し、山田を含めて四名いる「文芸アート」担当に新人として任命されたばかりなのが、となりの席に座っている雨柳円花だった。

小柄だが、肩まで伸びたストレートの黒髪や整った目鼻立ちは、意志の強そうな印象を与える。野心はありそうだけれど、振る舞いは天衣無縫そのものだ。居眠りをしたり、おやつを食べたり、上司や先輩を問わず人に話しかけたり、空のペットボトルを机に溜めこんでいたりする。服装もお洒落だが記者らしくはなく、この日は下北沢辺りの古着屋で売っていそうなエスニック調のワンピースだった。上下関係が厳しい新聞社のなかで、どうやってここまでやってこられたのか、山田は甚だ疑問でもあった。

――雨柳円花って子、文化部に行っただろ？

つい先日、たまたま廊下で顔を合わせた同期から、立ち話で言われた。打ち合わせで本社を訪ねてきていた彼は、円花が入社後すぐに配属された静岡総局で働いている。日陽新聞では、他の全国紙と同じく、入社したばかりの記者は地方の総支局で、まずは修業をするシステムである。そこで記事の書き方を学んで、地方とのつながりをつくり、記者として最低限のふるまいを勉強するのだ。

――入ってきたよ。彼女、ちょっと変わってない？

――意見が分かれるところではあるよね。生意気だとか失礼だとかいう批判もあったけど、一部からはやたら好かれていて、本社にうつるときなんて泣いて別れを惜しまれたらしいよ。俺は部署が違ったから、仕事ぶりは詳しく知らないけど。

それって喜びの涙じゃないよな。内心疑いながら、同期の口調は円花を好いている側のようだった。今のところ、円花の魅力がイマイチ分からない山田は、詳しい話を聞きたかったが、忙しくてそのままになっている。

なんでも円花の祖父は、高名な文化人だった故・雨柳民男らしい。民俗学の泰斗として日本各地をめぐり、祭りや伝統工芸といった土着的な文化を研究しただけでなく、宗教や哲学に通ずる思想家としても知られる。生前は大学の学長を務め、文化勲章をはじめとする数々の栄誉に輝いた。著作も数多く、歴史好きの山田も学生時代に読んだが、難解すぎて目が上滑りし、数ページしか進まなかった。

そんな民男は日陽新聞の上層部と長い付き合いだったとか。

だから雨柳円花はコネ入社、という噂も囁かれていた。おそらく事実だろう。

無事に森崎ナナのインタビュー記事を整理部にリリースしたあと、深沢デスクから話があると呼び止められた。文化部では、一番偉い「部長」というポジションの下に「部長代理」が数名いて、さらに下に「デスク」が分野ごとに配置されている。「文芸アート」担当の記者を取り仕切っているのが、深沢デスクである。

「ここじゃアレだから、あっちで」

深沢デスクはパーティションで区切られた打ち合わせスペースを指した。スペースの机の脇には、学生アルバイトが定期的に届けてくれる時間帯ごとの各版や、他社の朝夕刊の他、雑誌や書籍などが積みあがっている。

向かい合って腰を下ろすと、深沢デスクはぼそぼそと低い声で「折り入って頼みたいことがあるんだ」と言った。四十代前半になる深沢デスクは、白髪交じりの顎ひげを蓄えている。声を荒らげたところは一度も見たことがないが、じつは山田以上の歴史オタクで、飲みの席で過去の偉人の話題になると彼の独壇場になる。

「おまえに連載を預けてもいいだろうか」

「れ、連載ですか！」

「忙しければ、無理にとは言わないけど」

「ぜひやらせてください、余力はあります」と即座に言い、山田は手帳をひらく。

「そりゃよかった。正直、新人にいきなり連載を任せるのは気が引けるけど、若年層の読者を新しく獲得するためにも、若い記者に積極的にチャンスを与えるようにと上からお達しがあってさ」

新人という言葉が少し引っかかったが、大枠で見れば、たしかに自分も新人の範疇といえる。いよいよ訪れたチャンスに、胸を膨らませる。数日かけて過去の連載企画を分析し、綿密な資料をつくった甲斐があった。

「早速だけど、これが雨柳円花の企画書だよ」

一瞬、山田は固まった。

深沢デスクは机のうえに書類をぽんと置き、こうつづける。

「お前に預けるから、まずは目を通して、彼女と詳細を詰めてくれ。ちなみに、今渡しているものはかなり書き直させたけど、最初なんて言いたいことが全然分からなくて大変だったよ。あいつ、論理的な文章がド下手みたいだから、その辺りもフォローしてやって」

文句を垂れながらも、深沢デスクは楽しそうだった。

「……僕の企画じゃないんですね、連載って」

「え？　そう、山田は指導してやってほしい」

動揺を隠しつつ、山田は深沢デスクの目を見られなかった。新聞社では、自分から「これがやりたい」と企画をデスクに提出し、記事を書く。企画が通らなければ、他人から振られた仕事をこなすだけで、記者としてはもの足りない。文化部四年目の山田は、単発で短い記事を書いたことは度々あれど、連載の企画では一度もゴーサインをもらっていない。

「分かりました」

焦りや落胆を悟られないよう明るい声で答え、山田は企画書を手にとった。

「助かるよ。雨柳の文章って細部に光るものはあるけど、筋道立ってないというか、まぁ、イマドキっていうの？　ああいう感じだから、まるっきり任せるのは心配なんだ。だけど山田に指導役をお願いできるなら安心だよ。雨柳の企画を採用しろというのは、部長から直々の指示でもあってさ」

「部長？」とオウム返ししてしまった。部長は管理職なので、業務が滞りなく進むように働き方の面でマネジメントをすることはあっても、記事の内容には滅多に口出ししない。部長の指名だなんて、よほど優れた企画なのか。動揺が顔に出たらしく、深沢デスクはしばらくこちらを見据えたあと、唐突にこう訊ねた。

「あいつのインスタとか、見たことある?」

山田は黙って首を左右にふった。そもそも山田自身、アカウントは持っているものの積極的に使っていない。SNSでの個人的な発信は社内でも賛否が分かれており、紙面の内容を不用意に流したり、炎上したりするリスクを回避するべきだ、という反対派も多い。

「案外、着眼点がおもしろいよ」

深沢デスクはポケットからスマホを出して、「あった、これこれ」と言って山田に手渡した。いわゆるインスタ映えする、物語性のあるカラフルな写真が並んでいた。アートや食べものの投稿ばかりだが、切り口がユニークである。

たとえば、ゴッホの《星月夜》とフラクタル図形の渦を並べたり、伊藤若冲(じゃくちゅう)の《動植綵絵(どうしょくさいえ)》の細部を拡大して切り取ったり、職人がつくった硯(すずり)と現代彫刻を比較したり。名画や展覧会の情報だけでなく、誰かがきれいに植えてくれた花壇の花の配置、今やめっきり存在感のなくなった電話ボックスのデザインの面白さなどが、独特なコメントと一緒に投稿されている。そうかと思えば、喫茶店や居酒屋メニューの写真がつづいたあと、真っ赤な顔に満面の笑みを浮かべた円花が、飲み仲間とピースサインをしていたりする。

「これを見た部長がSNS推進派というのもあるが、フォロワーの数は文化部の公式アカウントの百倍もいる。おまえも知っている通り、日陽新聞社は発行部数が落ちこむ一方だ。十年先にまだ紙の新聞が残っているかどうか。ウェブ媒体に比重をうつすとしても、新しいことに挑戦しなきゃならない。その新しいことが雨柳円花の企画でいいのかは分からないが、このままじゃ生き残れないからな」

「そうですね」とだけ答えて山田はスマホを返すと、企画書と手帳を片づけ、席に戻る準備をはじめた。すると深沢デスクは腕を組んで「あのさ、なんで自分の企画が通らなくて、新人に先を越されてしまったんだと思う」と訊いてきた。

山田は正直に「分かりません」と項垂れた。

「おまえはよく頑張ってるよ。それは認める。でもこの新聞社では、物分かりのいい部下になる必要はないんだ。人の指示を素直に聞くことと、他人の顔色を窺って自分を押し殺すことは、似ているようで全然違う。先日おまえが提出してきた企画書にしても、自分はこれを書くために記者になった、本当に誰かに届けたいと胸を張って言えるくらいの企画だったのか」

山田ははっとして、深沢デスクをはじめて直視した。

「少なくとも俺には、こういう記事なら当たり障りなく、時流に乗って万人ウケするだろうとか、俺に採用されるだろうとか、そんな下心が伝わるような内容ばかりに感じられた。ごめんな、きついこと言ってるかもしれないけど、そもそもこれまでの企画はどれもなにか通さなきゃいけないから、頭のなかでこねくり回して優等生的な答えを出してただけじゃなかったかな」

深沢デスクの口調は淡々としていた。山田への配慮もきちんと感じられ、そのように接してくれる上司の期待に応えられない自分が、いっそう情けなくなる。頭のなかでうまい返答を巡らせていると、デスクはつづけた。

「雨柳円花は文化部に来たその日から、俺にたくさん企画をぶつけてきたんだよ。最初は新人だから裏方の仕事からこなすべきだろうって俺も取り合わなかったんだが、どうしても自分の記事を発信したいから、どこを直したらいいのか教えてくれって食い下がってきた」

「……そうだったんですね」

「ああ。話を聞くと、無鉄砲には違いないが、純粋に書きたいことや調べたいことがたくさんあるみたいだったよ。なかには突拍子もない非常識な企画もあったけど、そういう熱意ある企画こそ、若い記者に期待されているものなんだ。そう熱意だよ、熱意。インスタの写真だってそうだよな。内容はアートと食いもんのことばっかだけど、なぜか見飽きない。それはなんの打算もなく、自分の言いたいこと、好きなものを純粋にみんなに知ってほしいからだと思うよ。写真のセンスもいいし。だからフォロワーも多いんじゃないかな」

〈ジャポニスム謎調査〉企画主旨　雨柳円花

日本にはさまざまな素晴らしい土着文化が存在します。なかには一般的によく知られていない謎多きものや、あっと驚くミステリアスな魅力を持つものもあります。本連載では担当者が日本各地に足を運び、そこに根づく文化を守る職人やその技術を取材することで、日本文化の新たな一面を読者に紹介します。題してジャポニスム謎調査。「アート」と「トリップ（小旅行）」をかけ合わせた、まさに「アートリップ」な内容になるでしょう。題材は多くの候補がありますが、随時決めていきたいと思います。

第一回

硯

SUZURI

東京駅丸の内北口の駅前広場は、早春とは思えない陽気に包まれていた。山田は上野駅から乗る方が早かったが、円花が遅刻などをしでかさないかと案じ、わざわざ東京駅で待ち合わせることにしていた。

「おっつー、山田」

現れた円花は、いつものまるで記者らしくない個性的な服装とは打って変わり、パンツスーツでばっちりと決めていた。どこからどう見ても、デキる記者然としているではないか。先輩らしくなにか小言を言ってやるつもりだった山田は、そのギャップに戸惑いながら苦し紛(まぎ)れのコメントをする。

「い、いつもと雰囲気が違うね」

「当たり前じゃない、今日は取材なんだから一張羅(いっちょうら)じゃないと」

語尾に音符のついたような口調で言い、円花は颯爽(さっそう)と改札口に向かった。その姿を見て、円花にとって芸術関連の取材は楽しみで仕方ないのだなと思う。

日陽新聞社の記者は突発的な予定変更を見越し、たいてい乗車券を当日手配する。券売機で前後に席をとろうとした山田に、円花は「となりじゃないと、おしゃべりできないでしょ」とゆずらず、結局二人席を横並びで購入した。仙台駅まで乗車する東北新幹線〈はやぶさ〉は、平日の早い時間とあって混雑していた。円花は迷うことなく窓際の席に腰を下ろす。ふつう先輩にゆずるとか、どっちがいいですかなどと訊くのではと思いつつ、山田は通路側に座った。

「東北新幹線のホームでしか売ってないんだよね、これ」

彼女が頬張るのは、ウニ味のスナック菓子だった。

「山田も食べてごらんなよ」

ごらんなよって、〃いつどこ〃の言葉遣いだよ。そう思いつつ「ウニ味なんてすっごく美味しそうだね、でも結構です」と断る。

「分かってないね、山田は。取材の醍醐味といえば行きのお菓子交換、そしてお菓子は五十円まで！」

「あのなぁ、これ遠足じゃないし、五十円までってはるかにオーバーしてるし、戦後すぐの物価じゃあるまいし」

「すごいね、ツッコミの三段重ね」

円花は愉快そうにスナック菓子を完食すると、今度はウニ味のチョコレート菓子をとりだした。どんな味がするんだろう。プリンに醤油(しょうゆ)をかければウニになるとは聞いたことがあるけれど。山田が内心ボヤいているうちに、新幹線は荒川(あらかわ)を越えた。ふと円花を見ると、うとうとしはじめているではないか。食欲に睡眠欲にと、欲求に忠実すぎるだろう。こっちは取材前になると緊張して食欲もなくなり、前夜は眠れないというのに。

ため息を吐き、今回の出張に向けて準備した資料を鞄から出す。

——初回は、時事的な内容がいいんじゃないか。

深沢デスクの助言を指針に、第一回のテーマは雄勝硯になった。

雄勝硯とは、宮城県石巻市雄勝町で生産される硯だ。硯とは、言うまでもなく墨を磨るための道具であり、古代中国の時代から存在した。雄勝町では古くから硯の材料に適した石がたくさん採掘され、国産硯において大部分のシェアを誇っていた。しかし東日本大震災の津波によって、職人が大切に受け継いできた硯材のほとんどが海に流されてしまったという。

日陽新聞社内では、三月十一日が近くなり震災関連の企画が多く立ちあがっている。その日を過ぎれば、とたんに話題にされなくなる風潮や、この時期だから震災を扱うという安直な考えは、よく疑問視されている。けれどもすべての新聞記者にとって、震災は頭から消すことのできないトピックには違いない。そこで被災地である雄勝町の硯職人を取材してはどうか、と円花が深沢デスクの助言に応えた。

自主性を培ってほしくて、アポ取りは円花に任せてしまったが、大丈夫だろうか。ていうか、ほんとに寝てるし。円花の呑気な寝顔を一瞥して、二度目のため息を吐く。こういう人生だったら、悩みもなくて楽しいんだろうな。でも自分には絶対に真似できない。小心者なので、手土産の用意にせよ出張届の提出にせよ、仙台総局に仁義を切るための根回しにせよ、気がつくとあれこれと準備してしまう。

宇都宮駅を過ぎた辺りで、ようやく円花は目を覚まし大きく伸びをした。

「ハワワワワーッ、電車のなかって、なんでこんなに眠くなるんだか」

「俺はずっと起きてたけどな」という皮肉も通じず、

「大したもんだね。ところで、それ硯の資料？」

と問われた。折り畳みテーブルのうえには、雄勝硯についてだけでなく硯全般についての研究書や著作がある。書家が記したエッセイから考古学の論文まで、サポートであっても取材に行く以上、できる限り勉強するつもりだった。が、あまりにも歴史が長くて、整理しきれていないのが本当のところだ。

「改めて考えたんだけど、本当に硯でよかったのか」と山田は円花に顔を向ける。「深沢デスクの助言はあったものの、硯を強く推したのは円花だった。「ここまで来て言うのもなんだけど、硯なんて地味だし、使ってるのは書道か習字をする人くらいだろう。連載の初回なんだぞ。多くの読者の心をつかむために、もっと他の、ポップで流行に沿った題材の方が無難だったんじゃないか」

「山田って、つまらない物事の見方をするんだね。それに、他にいい例があるなら、具体的に言ってごらんなよ」

目を覗きこまれ、返答に詰まる。他の題材と言っておいて、内実思い浮かばないからだ。「調べたらあるって、たぶん。いや、絶対」と返すのがやっとだった。

「硯なんてって言ったけど、山田さ、ちゃんとした硯で墨を磨った経験ないでしょ」

「あるよ、小学校のときに、習字の授業で。ていうか、誰だってあるだろ」

眼鏡を押しあげて答えると、円花はひとさし指を立てた。

「良質な石から生まれた硯ってまったく違うもんだよ。学習用硯はプラスチック製か、石の粉と樹脂を混ぜてつくった安価な練りものばかりなんだから。それに授業用に出回っている墨も、厳選された素材や職人技とはほど遠いの。だからいくらゴリゴリやっても墨が下りずに薄い灰色にしかならなくて、墨汁を足さなかった？　ああいうのは墨汁を溜めるための、硯を模した容器だから――」

「ちょっと待って、墨が下りる？」

「そう、墨が下りる、だよ。墨が溶ける、とは言わない。なぜなら墨は、水には溶けないから。墨は煤と香料、それから古来画材に用いられた膠でつくられていて、みんな勘違いするんだけど、炭素である煤は水に溶けないんだ。膠が接着剤の役割を果たすから、煤は水と分離せずに液体になる。でも煤の要素はそのままだから、水や空気に晒されても長く残って、東洋の長い歴史を守ってきたわけ」

硯の話になったとたん、真剣な表情で大きな瞳を輝かせている。さっきまで半目で居眠りをしていた様子を忘れてしまいそうだ。これぞ、雨柳民男仕込みか。感服していることを表面に出さないように努めながら答える。

「そんなことくらい、俺も知ってたよ。当然だろ」

「ふうん。じゃ、硯ってなんの石でできてるでしょう?」

知ったかぶりを悟られてしまったのか、円花は試すように身を乗りだした。それにしても顔が近くて、無駄にどきどきしてしまう。

「堆積岩だろ」

「ブッブー、それじゃ不十分だね。粘板岩、英語で言うスレートだよ。ただの堆積岩とは違って、地殻変動によってぎゅーっと圧縮されて変成した石を指すの。つまり地球が絶えず動いているからこそ生まれたのが、硯ってこと」

「地球が動く……プレートテクトニクスってことか」

「そう、それなの、おもしろいところは!」と声を大きくして、円花はシートの肘掛をバシッと叩いた。「活断層やプレートの移動によって、硯の材料は生まれる。だから地球という枠組みで見れば、人々の命や生活を脅かす地震と、書画を生みだすための器具である硯は、じつは文字通り地続きなわけ」

大きな被害をもたらす地震と、地殻変動による恩恵を簡単に結びつけてしまうことに、多少の抵抗はあるものの、自分には到底できない発想なのはたしかだった。

円花いわく、地球が活動しつづけることで生み出される粘板岩は、地域の環境や年代の差によって、少しずつ質も違ってくるという。たとえば、端渓硯や歙州硯といった中国の「唐硯」に対して、日本で生産される「和硯」がある。和硯には、徳川家茂に献上された山梨県の雨畑硯、山口県の赤間硯、愛知県の鳳来寺硯をはじめとする、さまざまな産地が存在する。

「一口に硯といっても、色や硬さは千差万別。青っぽい硯、赤っぽい硯、緑っぽい硯もある。しかも硬ければいい、やわらかければいい、というわけじゃないんだよ。むしろ墨との相性の問題で、その組み合わせが大事なの」

「なるほどね」と思わず口に出してから、感心しているのを隠すために、慌てて「野球で言うなら、二遊間コンビみたいなもんだな」と自分なりのたとえを出した。

「なにそれ」

「セカンドとショートの組み合わせだよ。相性が大事といえば二遊間かなって。アライバとか、新聞を読んでたら知ってるだろう？　ま、野球に興味ないと分からないか。もっと有名な言い換えするなら、バドミントンのオグシオってとこかな」

円花はきょとんとした表情を浮かべたあと、スマホで検索をはじめる。

「洗い場……」

「漢字変換がおかしいから！　よし、それなら、タッキー&翼でどうだ、この組み合わせなら、さすがに知ってるだろう」

「チキンの店とか？」

「……なんで知らないんだ」

円花は恥ずかしがる様子もなく「興味のないことは憶えらんないよ」と言い切った。物知りなようで、彼女の守備範囲は自分の関心のあるところに限られているらしい。思い返せば、最近テレビに出ずっぱりの売れっ子女優、森崎ナナのことも知らなかった。芸能やスポーツをはじめとする一般常識の偏差値は三十くらい、いや、もっと低いかもしれない。

社会人としての常識は大丈夫だろうか。改めて心配になった山田は、出張先での自分流のマナーを説明する。手土産はタイミングを見て紙袋から出して渡すのがよくて、名刺を交換するときは相手より下の位置で差し出すんだぞ。話しながら、やっと先輩っぽくなってきたと思っていたら、円花が急にリュックをごそごそしはじめた。

「どうした」

「忘れたかも、名刺」

「え！　昨日も言ったのに」

「ちょっと待って、捜すから」

円花はリュックをひっくり返して、露天商のように持ち物を並べていく。折り畳みテーブルには載りきらず、立ち上がって座席のうえにも広げはじめた。旅程をはさんだファイルや着替えの他に、昨日購入したという小さな縄文土器をはじめ、木彫りの置物やトランプなど、出張に関係ないグッズが出るわ出るわ。しかもぐちゃぐちゃに詰めこまれている。空のペットボトルが荘厳(そうごん)なインスタレーション作品のように積みあがった円花のデスクを思い出し、自宅も汚そうだなとぞっとした。

「いったいなにしにいくつもりだよ、俺と七並べか？」

「ごめんよ」

さすがに反省したらしく、円花は肩を落とす。やれやれと思いながら、山田は念のため持ってきていた名刺の束を、荷物のうえにすっと置いた。自分の名刺だと気がついた円花は「なんで」と目を丸くする。

「今年度、名刺の発注係なんだよ。みんなの分を多めに注文してるから、もしかすると君が忘れるかもと思って、余りを持ってきてやった」

「ありがとう！　やっぱり深っちゃんの言ってた通りだね」

「深沢デスクがなんて言ってたの」

「困ったら山田に頼ればいいって。山田なら文句を言いながらも、世話焼きで機転が利くからうまく助けてくれるだろうって言ってた。だから私と組ませることにしたらしいよ」

拍子抜けした。深沢デスクから今回補佐を任されたのは、何年経ってもろくな企画を出せず、仕事のできないやつだと見切りをつけられたからだと思いこんでいた。だから円花のような新人の世話役をさせるのだ、と。でも本当はそれなりに評価してくれているのだろうか。

失いかけていた自信をほんの少し取り戻すが、すぐにその考えを打ち消す。先日深沢デスクが浮かべた渋い表情を思い出し、胃の辺りがきりきりと痛くなったからだ。あのとき指摘されたように、当たり障りない企画ばかりを出しているのは、記者という職業をうまくこなしている自分でありたいからだ。そんなの、自己満足でしかない。

「どうせ俺は、企画も通らずに万年使いっ走り扱いされるんだろうな」

つい自分を卑下してしまう山田を、円花はじろりと見つめてくる。

「なんだよ」

「山田って、どうして記者になったの」

カッコいいから、と本当のことを言いかけて咳払いする。

「ペンで不正を潰すためだ」

結局、またカッコつけてしまった。

「へー、ずいぶんと立派だね」

両眉を上げた円花に、山田は「だろ」とわざとキリッとした顔で答え、冗談に落とそうとしたが、冷静に「で潰せてるの、今」と返された。

「……それは言うな」

調子が狂った山田は、肘掛で頬杖をつく。

小さな頃から新聞を読むのが好きで、記者に憧れていた。けれども気が弱く自信のない性格のせいで、本当に新聞社に入れるとは思っていなかった。就活のときだって、何十社という他の報道機関にエントリーしてみたものの、今思うと青臭かったせいだろう、いずれも一次さえ通らなかった。

やっぱりダメだったと諦めかけたとき、日陽新聞社の秋採用で拾ってもらえたのは奇跡だった。そして元来の歴史好きと勤勉さゆえ、傾向と対策を分析しまくって最終面接までこぎつけた。はじめてのことなので緊張しきって、頭が真っ白になってしまったが、釣りが好きだという個人的な話をしゃべりまくって合格できたなんて、面接官に釣りバカでもいたのだろうか。列席していた役員の顔は誰一人憶えていないが、だとすれば恩人である。

けれども入社後すぐ、自分がいかに甘かったかを痛感した。配属された仙台総局で震災特集を組むに当たり、奇しくも今回と同じ、石巻市の取材に駆り出されたのだ。想像が追いつかないほど大変な状況下で、自分の見識や筆力ではなにをどう書いても伝わり切らず、無力感に苛まれた。必死で先輩についてまわったものの、自分の書いたものは最後まで世に出なかった。

あれから成長できたのか。車窓を眺めると、トンネルの合間に見えた山肌に白くてきれいな雪が残っていたが、あっという間にまた真っ暗になった。しんみりしているのを隠すべく、円花に訊ねる。

「君はどうしてうちに来たの」

「単純だよ、日陽新聞の文化面が好きだったの。高校生の頃なんて、文化面の記事をいろいろと切り抜いてたくらいだったから。毎日紙で届けられる記事には特別感があるよね」

マメというか古風な一面もあるのだなと意外に思っていると、円花はつづける。

「それに、おじいちゃんから記者になれば仕事で好きなことを好きなだけ調べられるし、学べるって教わったんだ」

「そういえば、君のおじいさんって、雨柳民男なんだってな」

「そうそう。山田も知ってたんだね」

「羨ましいよ、人脈があるって」

含みのある言い方になってしまい、円花は「ひょっとして、コネ入社って言われてるのを信じてる?」と鋭く見抜く。そして取り繕うこともなく、あっけらかんと笑って「コネがあるのは事実だけど、このご時世、コンセンサス的にコネだけで採用できるわけないでしょ。そんなのに頼らないで、普通に入社試験を頑張ったよ」と断言した。

「それを言うなら、コンプライアンスだろ」

「ははは、そうだった。山田は本当によく気がつくね」

つづけて、最近おもしろかった自分の言い間違いの例を連発しているとなりで、山田は狼狽えていた。やっぱり円花はどこかズレている。それなのに、さらりとコネ入社を否定するとは。彼女の性格からして、嘘をついているわけではないだろう。その主張を信じるとすれば、日陽新聞の入社試験は運だけで合格できないので、一般常識がなくても地頭はいいということだ。または、なにか光るものをズバリ面接官から見抜かれたとか。山田の警戒心はいっそう高まった。こっちは一生懸命に新聞を何紙も読みこみ、機構の略語や難読地名の漢字などを丸暗記してどうにかここだけ受かったというのに。

仙台駅で仙石東北ラインに乗り換え、終点の石巻駅で下車した。途中、円花が切符をなくすという事件が勃発したが、お菓子のゴミ袋から発見されて事なきをえた。山田はあまりの焦りと安堵で、なんでゴミ袋に入れたんだよというツッコミも出ずじまいだった。

石巻駅前のロータリーではタクシーが列をつくり、南に向かって延びる通りには、数々の店が立ち並んでいた。晴れているが風は冷たく、山田は東京から持ってきた使い捨てカイロを開封した。物欲しそうにしている円花に「使う？」という言葉が口をつく。これしかないことを思い出すと同時に「いいの？　ありがとう」と嬉々として奪われた。

「予想以上に寒かったから、助かるわー」

「……役に立てて嬉しいよ」

するると円花はとつぜん「あっ」と声を上げて、道端に走り寄ったかと思うと、落ちていたペットボトルを拾いあげ、「ポイ捨てって許せないよね」などとブツブツ呟きながら、近くのリサイクル用ゴミ箱に入れた。

待ってくれ、と山田は激しく混乱する。オフィスの自席には空のペットボトルを溜めこんでいるのに、誰が放置したかも分からない道に落ちているゴミは、きちんと捨てるのか。矛盾している。いや、していない？　よく考えれば、世の中には逆のパターンの人間ばかりだ。自分の周囲さえ片付いていればいい、自分さえよければいいという考え方がまかり通っている方がおかしい。深読みしすぎだろうか。

「どうかした、急に黙りこくって。ところで、時間はまだあるから、お昼ご飯をこの辺りで食べていくよ。旅といえば、ご当地グルメだもんね」

「あ……ああ。旅じゃなくて出張だけどな。近くでそばでも腹に入れていくか」

「店選びなら任せて」

手軽なチェーン店はないかと見回していた山田の耳に、「すみません」と通行人を呼び止める声が飛びこんできた。ぎょっとしてふり返ると、この辺りで美味しいお店ってご存じですか、ここでしか食べられないものがいいんですけど、と円花が臆面もなく訊ねている。話しかけられた五十代半ばに見える女性の集団は、意外にもまったく迷惑そうではなく、「あそこの角を曲がって少し進んだら、とにかく豪華な海鮮丼の店があるの。金華山港からの直送で、ここでしか食べられないわよ」とわいわい教えてくれた。円花はにこやかにお礼を伝え、手を振りながら当たり前のように言う。

「地元のことは地元の人に訊くのが一番ですな」

またしても狼狽えている山田をよそに、円花はさっさと歩きはじめた。堂々として勢いがあるので、相手も押されて教えてくれるのだろうか。自分にはない資質だ。円花のようなタイプは、言葉の通じない異国で迷子になっても、いとも簡単に友だちをつくって旅を楽しむことだろう。なんだか羨ましい。いや、くり返すがこれは遊びの旅ではなく出張だ。ぶんぶんと山田は首を振った。

「君さ、少しは考えて行動した方がいいんじゃない？　さっきの人たちは偶然店を知っていたからよかったけど、観光客だったら気まずいだけだぞ」

「地元の人だったのは、偶然じゃないよ」と円花はきっぱりと答える。「一人のバッグからチラッとネギがのぞいていたから。石巻に来て、ネギを買っていく観光客はいないでしょ。それに雰囲気と時間帯からして、あの人たちはよくランチを食べながらおしゃべりしてるんだよ。地元の人でランチ会をしてるってことは、この辺りの店に詳しいはず」

返答に詰まりつつ、山田は意外に感じていた。円花はまわりをまったく気にしていなそうで、じつはよく観察しているではないか。しかし簡単に引き下がるわけにもいかないので「地元の人なのは分かったけど、食事はしてないかもよ」と反論する。

「ううん、美味しいものを食べてきた人特有の顔つきだった。あと、グルメそうな感じもしたもんね。実際いくつか候補があって選んでくれてたし。言っとくけど、食べものと美術に関する私の嗅覚は、だいたい当たるんだよ」

なんだそりゃ。しかし嗅覚とは、優れた記者がよく言うことではないか。なにかが臭えば、解き明かすべき真相がある、と。まさか深沢デスクや部長は、円花の記者としての類(たぐい)稀(まれ)な適性を見抜いて、連載の担当に抜擢したとか。いや、落ち着け。それも考えすぎているだけだ。

教えてもらった通りに道を進むと、のれんも看板もない、普通の家に見える一戸建てが現れた。「本当にここかね」と門前でビビッていると、「とりあえず訪ねてみよう」と円花に押しのけられた。戸の向こうでは、そっけない外観とは対照的に、大勢の客が席についていた。「やっぱりね」と円花は得意げに肯(うなず)くと、案内された座敷にあがる。

まごつきながらメニューを広げる山田をよそに、余裕たっぷりに店内を見渡して「すみません！　その美味しそうなもの、なんですか」と大声で訊ねた。山田は内心「もうやめてくれ」と叫んでいたが、声をかけられた年配の男性は「特選海鮮丼だよ」と普通に答えている。円花は礼を言い、やっとメニューに目を落としたかと思うと、つぎは両手を頬に当てて「あーん」と叫んだ。

あーんって君は子どもか、と半ば慄きながら「なに、今度は」と訊く。

「特選海鮮丼がいいと思ったんだけど、ウニがのってないんだよ。今朝ウニのお菓子を買ったときに、今日絶対に本物も食べるって決めてたのに」

「それなら、ウニ丼にすればいいじゃないか、ちゃんとメニューを読みなさい」

「でも特選海鮮丼もすごく美味しそう。なんでウニは仲間外れなの？」

知らないよ、そんなの。

「きっと事情があるんだよ、値段設定とか準備の段取りとか。潔くあきらめて、どちらか選ぶしかないって」

時間を気にしながら山田が自重を促すと、円花は閃いたように手を打った。

「よしっ、こうなったら特選海鮮丼にウニを追加してもらおう」

やめてーっ！

「そんなことできないよ、反則技だし」

「どうして反則技なの」

「いいか。残念だけど、このお店ではウニは仲間外れなんだ。それに、特選海鮮丼だけでも贅沢なのに、ウニまで楽しもうとするなんてバチが当たるぞ。たとえるなら、金の斧や銀の斧が自分のものかを訊かれて、どっちもそうですって答えるようなものさ」

「でもあの話って、たしか正直者かどうかを試していましたっていうオチでしょ。だったら木こりは『鉄の斧を使っていましたが、金と銀の斧も両方ください』って答えるのが正解じゃない？」

なるほど、と妙に感心させられていると、注文をとりにやってきた店員に、円花はこちらが止める間もなく「特選海鮮丼にウニ追加ってできますか」と質問した。相手は思いのほかあっさりと「できますよ、追加料金かかりますが」と答える。「じゃ、それで。山田も同じのにしてごらんなよ。すみません、ふたつ、お願いします」と勝手に注文されてしまう。山田はもはや円花のペースに逆らう気力もなくなり、運ばれてきた丼ぶりを無言で受けとる。円花は両手を頬の近くで重ねて「美味しそう」とうっとりしたあと、店の人にインスタにアップすることの許可をとった。

「なに？」

「いや、そこは案外ちゃんとしてるんだなって」

「そこはって、なによ」

「だって、さっきから知らない人に無遠慮に話しかけたり、メニューにないものを注文したり自由すぎるから。SNSで取材先の情報を発信することも、うちの会社じゃ反対する人もいるのにさ」

「じゃ訊くけど、なにがいけないの？　分からないことは人に質問するべきだし、こんなに素晴らしいものを知って、広くシェアしなきゃもったいないでしょ」

返答に詰まりつつ、「たとえば、仮に旅に出られない人がその投稿を見たら、『こいつだけ、いっつも贅沢してんな』って不愉快になるかもしれない。その点は配慮しなきゃ」とやっと答える。しかし言いながら同時に、新聞記者は本来、読者にそうした情報を提供するのが仕事ではないかとも自問する。

円花は数秒きょとんとしたあと、こう断言した。

「ハゲるよ、山田」

「は？」

「山田って、難しく考えるのが趣味なの？　石橋を叩いて裏の裏まで読んで、なにが楽しいわけ。好きなものは好き。美味しいものは美味しい。楽しければ、みんなでそれをシェアすればいいじゃない。自分だけのものにして、一人で抱え込んでたらそれ以上の広がりはないじゃん。それにさ、不愉快になる人はハナから見ないよ。それでも文句を言ってくる人がいたら、好きの裏返しなだけ。他人の気持ちなんて、難しく考えてもどうせ分からないんだからさ。会社の決まりだって、額面通りに守る必要はないよ」

円花の表情は清々（すがすが）しかった。

「さっきも思ったけど、山田は自分も含めて、もっと人を信じなよ。せっかく深っちゃんは評価してくれてるのに、自分から否定するなんてもったいないよ。謙遜（けんそん）や遠慮だってほど、誰も得しないんだから。ほら、目の前の海鮮丼を見てごらんなよ。こんなに美味しそうなものが、この世にはたくさん溢(あふ)れてるんだよ。それだけでわくわくしない？　食べものも日本文化の大切な一部だから、立派な取材対象。企画書には書かなかったけど、この調査旅の裏テーマは、アート、イート、ライトだからね。つまり芸術、食、そして書くこと。韻も踏んでて、いい標語だと思わない？」

口をひらいたものの、圧倒されて言い返せなかった。記事には出なくても、各地の食を知ることも記者として大切な資質かもしれない。

海鮮丼を見ると、マグロ、イカ、サバ、ボタンエビ、ホタテ、カニ、カンパチ、イクラ、そして追加料金を払ったウニが贅沢に盛られ、教えられた通り「とにかく豪華」で光り輝いている。円花から「しっかり食べて」とテーブルの上にあった割り箸を手渡された。

深沢デスクが評価してくれているなんて、本当なのだろうか。もやもやした感情を打開するように、箸を割った。もう、いいや。深沢デスクから言われたこととか、記者としての熱意や適性とか、ネガティブに考えるのはやめて目の前の海鮮丼に集中しよう。円花といると、他人のことやルールばかり気にしている自分が心底あほらしくなってくる。雑念を取り払ってから、マグロを口に運んだ数秒後、山田はぴたりと動きを止めた。

「……う、うまい」

呟きと笑みが、自然と漏れていた。

東京で食べれば、いくらかかるだろう。そもそも、これほどの海鮮丼は、そう簡単に食べられないだろう。

まず、赤身だ。小手調べに最適だが、相当な高得点ではないか。他にもイカは透き通るほどの色で弾力があり、サバは光の国からやってきた王子さながらの上品さだ。ボタンエビは頭つきで、プリプリの身を味わったあとは永遠に吸っていたくなる、まろやかな味噌まである。円花の奇手によってお目見えしたウニは、箸で持ちあげても崩れないうえ、ミョウバンの味や生臭さは一切ない。ウニの優等生だった。

気がつけば、夢中で味わっていた。

山田の脳裏に、世界三大漁場のひとつといわれる三陸沖で、戦いをくり広げる漁師たちの雄姿(ゆうし)が鮮明に浮かびあがる。リアス式海岸であるだけでなく、親潮と黒潮のぶつかる金華山の潮目では、豊富な種類の魚介類が水揚げされる。釣り人のロマンに酔いしれながら、山田はあっという間に完食した。

「美味しかったね！　山田も旅じゃなくて出張だとか言いつつ、ちゃっかり楽しんでるじゃない」

「魚料理が好きなんだよ。釣りが趣味なくらいだから」

「へぇ、じゃ、この店にしてよかったね。もちろん、おごっていただけるんですよね、山田パイセン？」

「都合のいいときだけ先輩扱いするな。割り勘だ」

「けちんぼ！」と円花は笑った。

店を出たあと、駅前のレンタカー店でカローラを借り、雄勝町に向けて出発した。円花も窓口で免許を提出していたが、結局山田が運転することになった。ふつうは後輩が運転するものではないのか、とここでも疑問を抱きながらハンドルを握る。都合よく使われているのに、怒りや不快感があまりないのはなぜなのだろう。窓を開けて顔を出している円花を「おいおい、危ないし寒いから閉めて」と注意しながら、東京よりも清々しい風を深く吸いこんだ。

住宅地を過ぎ、北上川（きたかみがわ）の橋をわたったあと、遠くに山々のなだらかな稜線（りょうせん）を望みながら、一本道をひた走った。民家はひとつもなくなり、ときおり工場を通り過ぎる他は、見渡す限りの田園風景である。都会のオフィスから遠く離れた地で、押し寄せてくる解放感に身をゆだねた。

やがて突き当たった早春の北上川は、水面（みなも）を輝かせて悠然と流れていた。震災時、津波がさかのぼり大氾濫（だいはんらん）した北上川の写真には、何度目にしても衝撃を受けた。この静かな川が、町をまるごと呑みこんだ過去があるとは、やっぱり信じられない。

河口手前で山道へと入ったあと、長いトンネルを突き進み、トンネルを出たところで〈硯のふるさと〉という看板に出迎えられた。いったん脇に車を停め、雄勝町の看板を写真におさめる。いよいよ目的地に近づいたという興奮も束の間、雄勝町の中心地に向かって道を下ると、防潮堤が現れた。

道沿いに白い蛇のように曲がりくねる、高さ十メートル近い防潮堤は、陸と海を完全に分けてしまい、陸側から海をすべて隠していた。だから海沿いを走っているはずなのに、その実感がまるでない。

「震災の前とは風景が変わっちゃったね」

防潮堤を眺めながら、円花は呟いた。

復興という道の険しさや複雑さを物語る、海岸線に沿って爪痕のように残された防潮堤のそばを走るあいだ、彼女はずっと無言だった。

それから山手の崖に向かって、十分ほど車を走らせた。あまりに急斜面なので人が暮らすには適さず民家もない。かろうじて切り拓かれた平地に、〈硯〉という看板を掲げたプレハブ小屋がぽつんと立っている。

駐車場で下車すると、木々のざわめきの間から、かすかに潮騒が届いた。海を一望できるロケーションなので、防潮堤で隠されていた雄勝湾の水面もきらきらと輝いている。

円花は玄関先で「こんにちは」と叫んだ。それでいいのか、と身構える山田をよそに今度は「おーい、来たよ」と手をメガホンのように口元に当てて大声を出す。実家に帰ってきたようなフランクさに、山田は面食らう。

すると小屋の戸が開いて、一人の初老男性が現れた。どっしりとした体形だ。がっしりとも太っているとも違う。重みがあって、多少の雨風にはびくともしなそうな貫禄があった。作務衣の下にタートルネックのセーターという職人らしい服装で、クロックスをつっかけていた。目つきは鋭く、山田を見ると眉間に深いしわを寄せる。この人こそ、事前に円花から聞いていた硯職人、巌谷広志であろう。

「久しぶりだね、おじさん！」

おじさんという呼び方にぎょっとする山田とは対照的に、巌谷は相好を崩した。

「よく来たな、円花ちゃん」

「やっと工房に来られて嬉しいよ。ご家族も変わりない？」

和気あいあいと挨拶したあと、円花は「そうだ」と言って、山田が持ってきた名刺を巌谷に手渡した。巌谷はしげしげと見入ったあと、感心したように呟く。

「本当に新聞社で働いてるんだね」

「だから何度も言ってるのに、信じないんだもんな」

「今まで名刺なんてくれなかったからさ」

「じゃ、これでちゃんと証明できたね」

得意げな笑みを浮かべたあと、円花はくるりとふり返った。

「こちらは硯職人の巌谷さん」

山田は慌てて自己紹介をする。「はじめまして、日陽新聞文化部の山田と申します。本日はお忙しいなか、貴重なお時間をいただいて、誠にありがとうございます――」

「別に忙しくなんかないよ。新聞記者ってのは、杓子定規な感じだね」

「し、失礼しました、こちらよかったら……」

あまり好感を持ってもらえなかったらしい。なんとかしようと、慌てて手土産を差し出す。受け取った巌谷の手は大きく、爪の先は灰色に染まっていた。巌谷は紙袋のなかを一瞥したあと、「こりゃ物珍しいものを」とだけ言って、山田に背を向ける。予想以上に気難しい人のようだ。巌谷の漂わせる雰囲気だけでなく、こんな崖のうえで硯をつくりつづけている事実もそう感じさせる。

二人のあとを追いながら、円花から事前に聞いていた情報を、山田はふり返った。

巌谷は六十二歳、雄勝町出身だ。仙台市の大学で彫刻を学んだあと、雄勝町に戻って父から硯づくりを教わった。四十代半ばで父を亡くし、家業を継いだ。

震災が起こったとき、巌谷の自宅兼工房は海岸近くの、壊滅的な被害を受けたエリアにあった。自身は家族とともに避難したが、家財道具だけでなく、代々使われてきた道具や硯材は失われてしまった。

その後、妻子とともにとなり町に引っ越し、数年前に手作りしたこの工房に毎日車で片道一時間かけて通っている。遠方で硯をつくることもできるにはできるが、石の採掘場から近く、雄勝という土地で硯をつくりつづけることに、彼は今もこだわっていた。

巌谷はプレハブ小屋の半分を硯の工房にし、もう半分を販売所にしていた。山田と円花は販売所の方に案内された。外から見ればプレハブ小屋だが、室内は広々としていてストーブが焚かれて暖かい。テーブルのうえには、さまざまな形や色味の硯がところせましと陳列され、壁には雄勝の地形や制作の様子をうつした写真が飾られている。巌谷がストーブで沸かした湯で茶を淹れてくれるあいだ、山田はレコーダーとカメラ、そしてノートを準備した。映える撮り方をよく分かっている円花に写真を任せ、自分はメモをとることに徹する。

「あれ、おじさんだよね？」

円花の視線の先には、壁に掛けられた古い写真があった。幼稚園くらいの男の子が、自分の顔よりも大きな石塊を、柄の長いノミで一生懸命に削っている。粉が頬についているのも構わず、顔つきは真剣そのものだ。円花は許可をとって写真におさめた。

「そうだよ。家にあったアルバムは全部流されたんだが、このあいだ組合の人が、うちの父親からもらった一枚を見つけたって、わざわざ届けてくれてね」

「組合の人に写真を配るなんて、息子が硯をつくる姿がよほど嬉しかったのかな」

円花が言うと、巌谷は笑った。

「でも父親は私に硯を継げ、なんて一度も言ったことなかったよ。むしろ継ぎたいって言ったら、儲からないし大変な仕事だからやめておけって反対されたくらいで。息子には同じ苦労をさせたくなかったんだろうよ」

「それなのに、どうして本当に継いだの」

いきなり踏み込んだことを訊くなよ、と山田はひやひやする。いくら知り合いとはいえ、取材相手からプライベートな想いを引き出すのは難しい。山田はこれまでの経験から、一歩踏み込んで距離感を縮める大変さを実感していた。しかし巌谷は気分を害する様子もなく、するすると語りはじめた。

「昔に習ったこと、身近にあったことは、大人になっても案外消えないものなんだよ。身体に染みつくんだ。だからこそ二十代の頃は逃げようとしていた。古臭いし、伝統産業なんてものは悲しいかな廃れる運命にある。震災の前から、硯職人はとっくに高齢化が進んで数も減っていた。そんな硯職人の仕事なんて、絶対に継ぐものかと思ってたよ。でも三十歳になる前に、父親が倒れて実家に戻ったんだ。幸い、命に別状はなかったんだけどな。その夜、工房で父親がつくりかけていた雄勝硯を見ていたら、急に自分もつくりたいと思ったんだ」

巌谷は机のうえに硯をひとつ置いた。長さ二十センチ、幅十五センチほどの平たい直方体だ。墨を磨るための平らな部分は「墨堂（ぼくどう）」「陸」などと呼ばれ、そこからゆるやかに沈みこんだ墨を溜める窪みは「墨池（ぼくち）」「海」という。

硯は黒いものだと思いこんでいたので、販売所で赤や緑といった色味の硯に驚いたが、一見して黒に思えるものでも、真っ黒ではなく、いぶし銀に近い。光の当たり方によって、白っぽくも見える。黒と白は正反対の色だと思っていたのに、じつは紙一重だとは。また単色ではなく、微妙な色合いの模様や線が浮かびあがってくる。その天然の意匠は、地層にも波打ち際にも似ていた。もとは大地の一部だったちっぽけな石に、遠くから望む大地の情景が凝縮されていることにも不思議さを感じる。

「今までやってこられたのは、まわりの助けのおかげだよ。組合の人や地域の学校のおかげだ」

「その話、詳しく聞かせてくれるかな」

ストレートすぎないか、と山田はまた肝を冷やす。知り合いとはいえ、余所者（よそもの）である記者に、易々（やすやす）と本当の気持ちを聞かせてくれると思っているのか。所詮、記者は仕事のため、自分の利益のために話を聞き回る存在だ。話して楽しかったと言ってくれる人ばかりでもない。成功談や楽しい思い出ならまだしも、震災の経験となればその口はいっそう重くなる。ストーブのうえで沸く湯の音が、気まずい沈黙を強調した。

しかし巌谷は意外なことに、またしても語りはじめた。

「じつは震災のあと、硯屋を辞めるつもりだったんだ。私だけじゃない。他の職人もこの地を離れていった。硯材が流されたからじゃなく、みんな生活が立ち行かなくなったからだよ。生きることに精一杯で、雄勝硯を守るなんて言っている場合じゃなかった。それに自分よりもよほど大変な思いをした人たちが大勢いて、硯をつくる暇があったら彼らのためにできることが、もっとあるだろうと思ったんだ。

だから私も、となり町で警備員の仕事をはじめた。するとその仕事のなかで、とある小学校に派遣されてね。倒壊して休校していたけれど、やっとこさ授業を再開させたばかりだった。警備員だから、校舎を見回りに行くわけだ。そしたら、たまたまなかを覗いた教室に、子どもたちの書がぱっと掲示されてたんだよ」

巌谷は当時のことをふり返るように、遠くを眺めながら言った。

「白い半紙に、いろんな文字が躍っていた。明日、友情、希望。子どもらしいが力強く、墨で書かれていた。近寄って見ていたら、硯がひとつ机に置き忘れてあった。それは町内の職人たちが毎年、地元の子どもたちの入学時につくっていた雄勝硯だった。子どもたちはまだ大切に雄勝硯を使ってくれてる。そう思うと、背中を押された気がしたんだ。復興のためにあなたができることは、硯をつくることでしょって」

巌谷は平日に警備員の仕事をする傍ら、週末に少しずつ工房を再建した。イチから新しい場を拓（ひら）いたうえ、在庫もなにもない状況だったので、硯だけで生計を立てるには何年もかかった。けれども雄勝町の内外から、手を差し伸べて協力してくれる人が多くいた。巌谷のつくる硯は話題になり、各地で展示を行なう機会にも恵まれた。

「円花ちゃんと出会ったのは、たしかその頃だな。最初はなんだこの生意気な子はって思ったよ」

「ごめんよ、いつもこんな感じで」と円花は頭に手をやる。

「でも円花ちゃんは誰よりも熱心に硯のことを勉強していた。それにインターネットで発信してくれたおかげで、少ないながら作品も完売してね。それ以来、展示があるたびにお知らせするようになったわけだ」

「最初におじさんの硯を見たときに、なんてかっこいい硯だろうって驚いたんだよね。なんといっても、形がすてきじゃない。四角くて窪みがあるっていう従来の定式を守っているのに、すごく自由なんだ。丸みがあって柔和（にゅうわ）で、ぬくもりを感じるっていうのかな。そう、ぬくもりだよ。おじさんの硯には、ぬくもりがあるんだよね、石なのに。いや、石だからこそか」

「嬉しいこと言ってくれるじゃないの」

巌谷は満更（まんざら）でもなさそうに答え、「それじゃ、制作工程を実際に見せてあげよう。思う存分取材するといい」と立ちあがった。円花は「ありがとう。写真も撮っていい？」と無邪気に喜んでいる。

そういうことだったのか——。

二人のあとをついて歩きながら、巌谷がこんなにも胸襟を開いているのは、人対人として付き合っているからだと悔しいながら納得する。月並みの記者なら、震災の時期だという理由で話を聞きにいって、その場限りで関係は終わってしまう。でも二人は興味関心を共有する者同士、深いところで尊敬し合っていることが分かる。しかもその関係性を持続させているのは、職人を応援したいという円花の強い熱意だ。そんな信頼を築ける記者は、さほど多くない。少なくとも自分は違った。

プレハブ小屋の裏手には、コンクリートブロックほどの大きさにカットされた、四角い石が積みあげられていた。それらの石は近くの山から採掘され、機械でおおまかに切り出された硯材だという。さらに案内されたのは、販売所に隣接する一段高くなった六畳ほどの座敷だった。そこには大小のノミや砥石が並んだ作業台、水を汲んだ桶などが置かれている。巌谷は中央に置かれた座布団に腰を下ろし、屈みこむように硯をつくる姿勢をとってみせた。

「おじさん、カッコいいよ」

円花は興奮した様子で、その姿をパシャパシャと撮影する。巌谷も調子が上がってきたらしく、「ちょっとやってみるかい」と言って硯づくりの体験教室をはじめ、その姿をなぜか山田が撮影させられる。

「こんな感じで、ここでは外でカットした石を、専用のノミで硯に整えていく。仕上げに使うのが、円花ちゃんが持ってる砥石とやすりだな。雄勝石は玄昌石（げんしょうせき）とも呼ばれ、やわらかいことで知られる。だから比較的彫りやすく、使いこむほどにへこむんだ」

カメラを円花に返し、ノートをとりながら、山田は「あの」と訊ねる。

「硯の磨りやすさって、どうやって見極めるんですか」

事前に調べた知識によれば、硯の使い勝手のよさを決めるのは、鋒鋩（ほうぼう）が立っているかどうかだという。鋒鋩とは、硯の表面にある目に見えないほど細かな凹凸（おうとつ）だ。腕の立つ職人がつくるほどに、上質な鋒鋩が立つ。硯はいわば大根下ろしのように、墨を削る砥石として機能するので、鋒鋩は荒すぎてもなめらかすぎてもいけない。

「上質な硯は、舌をつけたときに吸いつくんだよ」

「舐めるんですか！」

驚いて山田が訊き返すと、巌谷は「兄ちゃん、いい反応じゃないか」と笑った。巌谷のこちらへの対応も、徐々に柔らかくなってきてほっとする。「安心しろ、実際に舐める人はいないと思うよ。昔は爪を立てて白い線が残るかどうか、なんて野蛮なやり方をした書家もいたようだが、絶対にしちゃいけない。硯が傷つくから」

「ちなみに、鋒鋩って剣山みたいなギザギザじゃないんだよ」

円花が口を挟み、にやりと笑った。

「どういうことだ、毛羽立ってるんじゃないのか」

円花はノートを受け取ると、紙とペンで図式にして説明をはじめた。硯の表面にはガラスや石英といったさまざまな物質の層が、ミルフィーユのように何層にも重なり合っている。それを平らにした断面には、地図の等高線のような段差が生まれる。その段差こそが鋒鋩の正体であり、墨を磨ることで、わずかな電気反応が起こって、煤と水がコロイド状に混ざり合うのだという。

「コロイド状っていうのは、牛乳やマヨネーズに似ていて、沈殿もろ過もできないくらい成分が混ざった状態でね。溶けるのとはまた違うんだ。肝心なのは、科学が生まれる何千年も前から、これほど高度な技術を人々が発見していたということ。ね、すごくない？」

したがって鋒鋩は、指でさわっただけでは良し悪しは分からないという。人の触覚や視覚では捉えきれない、繊細なレベルでその質は決まる。けれども修練を積んだ職人なら、研ぎ具合からどれくらい鋒鋩が立っているかを感覚で摑めるらしい。円花の説明は分かりやすかった。何千年も前に発見したなんて、ちょっと大げさな気もするけれど、とりあえず、専門的なのにすんなりと頭に入ってくるところは素晴らしい。

「さわってみな、兄ちゃん」

巌谷は傍らにあった硯を、山田に差しだした。背筋を伸ばし、ズボンで手のひらを拭ってから、それを受け取る。巌谷は片手で軽々と持ち上げていたが、長辺十センチの小さな硯であっても、ずっしりと重たい。プラスチック製品に慣れているので、予想以上の重さが新鮮だった。ごとりと机のうえに置いて、墨を磨る部分にそっとふれると、冷たくしっとりとした質感である。

「気持ちいい」

「赤ちゃんのお尻みたいでしょ」

円花はうっとりとなでながら、職人が丁寧に磨いた粘板岩ならではの上質さだと話す。ガラスや御影石ほどツルツルしているわけではなく、砂岩のようにザラザラでもない。ずっとさわっていたくなる独特の手ざわりだ。

「いい顔になってきたな。墨を磨ってみるか」

「いいんですか」と山田は声を弾ませる。

「ここまで来て、硯を使わずに帰すわけにはいかないしな。なにより、硯の魅力を伝えるには使ってもらうのが一番だ」

巌谷はそう言うと、ふたたび販売所に戻った。そして机にいくつかの硯と水を入れる水滴、半紙と筆を手際よく準備したあと、その前に山田を座らせる。巌谷は硯の表面に、水滴から何滴か水を垂らした。蓮の葉のうえを滑る水玉のように、透明な粒がふっくらと立ちあがった。巌谷は戸棚から取り出した小さな桐箱から、一本の固形墨を手渡す。山田は墨を受けとって、三本指で挟み込んでみたものの、墨を磨るなんて子どもの頃以来である。

「力を抜いて、やさしく磨るんだよ」

となりにいる円花の助言に従い、山田は水に墨をつける。その瞬間、墨が硯にくっつくような、不思議な手応えを感じた。ゆっくりと弧を描くと、力を入れていないのに、じゅわりと溶け出すかのごとく、「丘」の部分に濃厚な黒の鏡面(きょうめん)が、あっという間に生み出された。小学校のときにごりごりと押しつけねばならなかった経験とは、まったくの別物だった。かすかにすーっという小さな音が聴こえる。しゃりしゃり、にも近い。

「す、すごい」

「おじさんの硯は、よく墨が下りるでしょう？　ちなみに今使っているのは、雄勝硯にぴったり合った墨だよね。新幹線でも話したけど、磨るときの手応えや仕上がりは、硯と墨の相性によって全然違うから。あ、山田も言ってたよね……洗い桶だっけ、流し場だっけ」

「アライバコンビね」

「墨もまた奥深い世界だから、話し出すと止まらなくなっちゃうんだけどさ──」

円花がしゃべりつづけるなか、ちゃんとした硯で墨を磨ったことがないのか、という問いの意味がやっと分かった。

こうして硯で墨を磨っていると、瞑想にも似て、自然と心が凪(な)いでいく。この香りはなんだろう。記憶のなかの、学校で使った墨汁の匂いにも似ているが、もっと微妙で香木(こうぼく)に近い、自然の香りだ。春先の陽ざしに、やわらかな香りはぴったりと合っていた。たしか上質な墨には、膠(にかわ)の臭いを消すために天然の香料が秘薬として加えられる、と資料にも書いてあった。

慌ただしく過ぎる便利な日常では得難(えがた)い、落ち着きや静けさだった。

硯を使うのは、ただ文字を書くため、記録を残すという実用的な目的のためだけではないのだ。

そもそも文字を書くために、これほどの時間を費やすことはまずない。今やボールペンで手書きせずとも、スマホやキーボードを使えばいい。だからこそ、あえて硯と墨を準備して、筆で書くことに贅沢(ぜいたく)さがある。ここに来る前に、古来中国の文人たちは、硯で墨を磨りながら精神統一をして思索にふけったと読んだ。自らの内面に下りていき、書をしたためる大切な前段階だったのだ。

だから巌谷の硯は、震災後に注目を集め、人々の心に響きつづけてきた。豊かに生きるヒントを教えてくれるから——。

「ねぇ山田、私の話聞いてる?」

「ちょっと黙っててくれよ。こっちは硯の感覚に浸(ひた)ってるんだから」

「なんだ、急に黙りこくったから、ぼーっとしてるのかと思った。どう、おじさんの硯はすごいでしょ? そこらへんの練りものの硯なんて、チクワみたいに思えるよね。同じ魚からつくられていても、チクワと刺身くらい違うわけ。しかもただの刺身じゃなく、職人技の締め方と血抜きをして、板前がさばいた刺身だね——」

「分かった、よく分かった。だから少し静かにしていてくれ」

「本当に分かったの」と円花は顔を近づけて言う。「山田さ、最初のうち私のこと全然信じてなかったよね? なんで硯なんだって」

「悪かった。今回はここに来て正解だったよ」

「ちゃんと認めた?」

「すごいよ、見直した」

「よしっ」

円花は満面の笑みを浮かべると「せっかく磨ったんだから、なにか書いてみれば」と厳谷が準備してくれた筆を差し出した。小指よりも華奢な十数センチの細筆だ。乾いた穂先は箒(ほうき)のようにぼさぼさだったが、墨につけたとたんに一方向に整い、しゅっと細くなる。でたらめな持ち方で白い紙に穂先をつけようとするが、ちょっと待てと思う。

「なにを書いたらいいんだ」

「なんでもいいに決まってるじゃん」

ぽかんとされてしまうが、山田は「自由にする」というのがどうも苦手だった。たとえば試験でも、正解がはっきりしている問題の方が己の考えを自由に述べる小論文よりも得意だった。むしろ「自由に」と言われたとたんに居心地が悪くなる。

「早くしないと墨が乾いちゃう。自分の名前でもなんでもいいから」と円花は急かしてくるが、自分の名前にしても、下手に書いたら恥ずかしいじゃないか。

「兄ちゃん、そう難しく考えるなよ。一本の線でも丸でもいいんだ。試し書きってのは書き心地を試すもんで、兄ちゃんのなにかを試すもんじゃないから」

「そ、そうですね」

巌谷の助言に深呼吸をして、ふたたび穂先を硯の波止で整えた。ゆっくりと半紙につけたあと、すっと下方に書きおろす。白い面にふくよかな線が生まれた。意外だったのは、よく見ると真っ黒ではないことだ。単に薄い、というわけでもない。一本の線のなかに、濃淡のグラデーションや滲みが生まれている。

「分かるよ」と円花は肯いた。「既製品の墨汁では、こういう繊細な表現は生まれないからね。手で磨った墨だからこそ、いいボクショクができあがるんだ」

「ボクショク？」

「墨の色だよ。墨色は硯によって、水によって、磨り具合によって、紙によって、冴え方が無限に変わっていく。水墨画を思い浮かべれば分かりやすいよね。墨色のゆたかさを証明してるのが、ああいう芸術品だから」

墨は黒一色。硯と同様、そう思いこんでいた自分が、またもや恥ずかしくなった。たしかに東洋の芸術家たちは、墨だけで詩的で変幻自在な世界を表現してきた。そこに正しい黒があるわけではなく、さまざまな黒が存在するから面白くなる。

だが、ここで驚きを露わにしてはカッコ悪いと思った。

黙してふたたび硯に水を垂らし、今度は長い時間をかけて墨を磨る。さっきよりも濃い黒が生まれた。つぎに、あえて濃く磨った墨に数滴の水を足し、筆に含ませた。すると一本の線のなかに階調や滲みが際立つ。あっという間に、半紙の全面が表情ゆたかな線で埋め尽くされていた。

「私も一筆書きたくなってきたよ」

円花は筆を奪って、新しい半紙に「硯」と書いてみせた。「汚い字だな」と口では毒突きながらも、なかなか味わい深い字だと山田は思った。というのも、今にも「石」と「見」が分裂しそうなアンバランスさのおかげで、硯という文字が「石を見る」と書くのだと気づかされたからだ。

石を見る——そのとき、山田は思い当たった。

硯には「海」と「陸」がある。

雄勝町と同じではないか。

被災した文化財は数多（あまた）あるだろうなかで、どうして円花は硯を選んだのかという理由に、ここに来るまで山田はまったく思い及んでいなかった。それは雄勝硯が復興のシンボルになった理由と同じだ。今では防潮堤によって隔てられてしまった「海」と「陸」の美しい景色が、雄勝硯のなかに見立てられ、守られているからではないか。リアス式海岸の特殊な地形によって育まれた粘板岩が、小さく切り出されて硯に生まれ変わり、今新たに机のうえで自分と出会っている。そして「海」と「陸」を持った思索の器になることで、人々の心に安らぎを与えてくれる。マクロとミクロを行ったり来たりするような、すてきな仕掛けが雄勝硯には秘められていた。

「見直したよ、本当に。三陸の美しい海岸を、硯の景色に再発見しようっていう記事を書くつもりでいたんだな」

真面目なトーンで褒めたのに、円花は「やだー」と眉をひそめた。

「山田ったら、私の心のなかを探ろうとしてるね？　いい線いってるけど、ひょっとして私に気があるとか？　困るんだけど」

円花は含みのある笑みを浮かべた。

先輩をおちょくって楽しむとはまったく。

石巻市での取材を終えた一週間後――。

「全然釣れないな」

かれこれ三十分、なにもかかっていなかった。ここに来たときは薄暗かった空も、少しずつピンクから水色へのグラデーションをつくり、海面を染めている。道行く人はまだ少ないが、首都高のうえでは巨大なトラックが行き交っていた。

となりにいる星野学（ほしのまなぶ）も退屈した様子で、大きなあくびをしている。日陽新聞の写真映像部に属する星野とは、大学時代に同じジャーナリズム研究会に所属していたときからの友人で、釣り仲間でもある。ひょろりと背が高くて、長髪にバティック模様のシャツという出で立ちだ。

「今日はここで釣れるはずなんだけど」

山田はそう答えながら、声色は決して暗くない。夜勤明けに、日陽新聞の裏口から入れる東京湾の堤防で釣りができるのは、社員ならではの贅沢だ。もし釣れれば、会社近くの大衆食堂〈さんまの味〉に持っていき、酒に合う料理にしてもらう。〈さんまの味〉は社員ご用達（ようたし）の隠れた名店で、店内には十年以上前に日陽新聞で紹介された取材記事が、大切にラミネート加工のうえ掲示されている。

「釣りに来るの、ずいぶん久しぶりだな」

「僕もだよ」

山田は膝のうえで頬杖をついた。海と対峙するのは、石巻市への出張以来である。巌谷の工房から目にした海は、見渡す限りの大海原(おおうなばら)だった。あの大海原が、目の前に高層ビルの林立する都会の湾と、ひとつながりだという実感はあまり持てない。だが東京湾でだって、いつ首都直下型地震が起こるか分からない。大勢の命が奪われるリスクは無論どこにでもある。だからこそ日々の備えが必要だと、紙面でも報じている。

――天災は忘れた頃にやってくる。

そんな名言を残したとされる物理学者の寺田寅彦(てらだとらひこ)は、硯の科学的研究を行なったパイオニアとしても知られる。墨汁がコロイド溶液の性質を持っていることについても、寺田の功績によるものが大きい。地球の秘密や地震の真理が、じつは硯という小さな塊のなかに潜んでいる。それこそが円花が今回のテーマを硯にした本質的な理由であり、「海」と「陸」の造形が雄勝町の景色に重ねられてきたという経緯も、記事としてまとめられた。

「新しい連載はどうだ？　後輩が企画したっていう」

星野から問われ、山田は上体を起こしてスマホを出す。

雄勝硯を取材した記事は、硯をつくる巌谷の子ども時代と現在の仕事風景の写真とともにに、朝刊文化面に円花と連名で掲載された。デジタル版を星野に見せながら、ネットでの反響も悪くないと話す。まずまずのスタートを切ったので、第二回もつづきそうだ。

「そりゃよかったじゃないか」

「そうなんだけどさ」

「けど？」

「ほとんど俺が書き直したんだよ」

会社に戻ってから、円花が上げてきた原稿には愕然とした。内容はともかく、文法の間違いや誤字脱字が目立つうえに、何度読み返しても頭に入ってこない。長文を書き慣れていないのか、とにかく冗長なのだ。読みにくさという点では、祖父である雨柳民男の文体を忠実に継いでいるとも言える。

――超読みやすく書いたつもりなのに。

本人は自信満々の出来だったらしく、山田の指摘に不服そうだった。

――仕方ない、俺が直してやる。

深沢デスクに提出するまでの時間と戦いながら、徹底的にブラッシュアップをした。言いたいことを抜粋し、構造を解体、組み替え、行数を削る。幸い、それ以上の書き直しを命じられることはなく、深沢デスクからにやにやしながらこう言われた。

――足りないものを補い合ったな、おまえたち。

それにしても、こんな文章力でよくも入社できたものだ。出張先では納得しかけたけれど、本当にコネ入社じゃないのか。そんな疑念が、ふたたび大きくなっている。優秀なのかダメ社員なのか、本当はどっちなんだ。

「でも好評でよかったな。つぎも楽しみだよ」

「いや、正直もう勘弁してほしいよ。出張先でも、名刺は忘れるわ、切符はなくしかけるわ、ズカズカとどこにでも入っていって、知らない人にしゃべりかけるわ、取材先でもタメロだわで、社会常識がなさすぎて振り回されたよ。しかも取材が終わったあとも、職人さん行きつけのスナックに連れていってもらったんだけど、カラオケがはじまったとたんに『来た来た、この歌大好き』とか言って、人の曲も歌いまくりのはしゃぎまくり。場はどっかんどっかん盛り上がったけど、どこであんな芸当を憶えたんだか。シメには、持参したトランプでマジックの披露」

「トランプ？　そんなもの持っていったんだ」

「非常識だろ」

「とか言いながら、楽しそうじゃないか、おまえも」

「楽しい？　まさか！」

慌てて否定するが、星野は構わず面白がっている。

「さては久しぶりに釣りに誘ってきたのも、アクティブな雨柳円花の影響か？」

「別に関係ないよ。時間ができただけ」

否定しながらも、好きなものは好き、という彼女の言葉に感化されていないわけではなかった。だが、星野の分析通りに円花のことを話しつづけるのは癪（しゃく）なので、話題を変えることにする。

「ところで、今日ここに来る前に、悪いニュースがあるって言ってたけど、なんだったの」

星野は「そうだった」と大袈裟にきょろきょろと周囲を見回した。

ちなみに彼が所属する写真映像部は、その名の通り、記事の写真や映像を撮影する専門の部署である。今回の雄勝硯の記事のように「キシャカメ」といって記者が撮ったものを使うこともあるが、たいてい星野のようなカメラマンが同行する。だから他の部とのつながりが強いうえに、彼自身フットワークも軽くて好奇心旺盛な性格なので、星野は〝ここだけの話〟をよく仕入れてくる。飄々（ひょうひょう）とした雰囲気が「こいつになら話してもいいかな」と相手を油断させるのだが、案外おしゃべりなことは知られていない。

星野は声をひそめて、こうつづけた。

「買収されるかもしれないんだって、日陽新聞」

「買収？」と思わず声が大きくなる。「どういうことだよ」

「順を追って説明すると、このあいだ麻雀大会に参加してさ」

「麻雀大会って、たしか降版のあとに政経社の記者が地下室に集まって、明け方まで開催されるっていう？」

社内の中枢部とも言える政経社の記者たちは、定期的に情報をざっくばらんに共有するために麻雀大会と称した飲み会をしている。麻雀を打ちながら飲んで雑談するらしいのだが、山田はこれまで誘われても体育会系の呑み方についていける自信がなく参加したことはない。

「その大会でさ、UuRLとうちの上層部のあいだで、買収の話が持ちあがっているっていう噂を聞いたんだよ」

「UuRLって、ネットゲームとかアプリとかオンライン英会話教室とか、デジタルコンテンツで大きくなった、あのベンチャー企業か」

「ああ、たぶん経営側としては、去年の部数の急落が想定外だったんだろうな。相当厳しいみたいよ。ついでにデジタル版を改革したいんだと思うけど、最悪の事態になれば記者の仕事も、今まで通りにはできなくなるかもしれない」

スマホでUuRLを検索した。すると社長のインタビューがヒットし、記事のなかで〈日本の経済はどんどん縮小するばかりで、周辺諸国に太刀打ちができなくなっています。そんな閉塞した状況を打開するためには、経済や金融に特化した国際的なデジタル・メディアをつくる必要があるでしょう〉という箇所が目に飛びこんだ。

「うちを経済紙にするつもりか？　日本経済の成長を謳ってるけど、もっと大事なことがあるだろうよ。今回の出張でも思ったけど、本当の豊かさって、お金とか資本とか、そういうところにあるんじゃないだろうに」

「分かってるよ。でもそうは言っても、やっぱり世の中カネだから」と星野はため息を吐く。「文化部が真っ先に解体されるんじゃないかっていう意見もあったぞ」

たしかにＵｕＲＬの社長のポリシーからすると、文化部のような直接的利益につながりづらく、緊急性の低い記事を多く担当している部署は、「お荷物」と見做されてもおかしくない。

「でもさ――」

と言いかけると、星野から視線でふり返るように促された。一人の高齢男性がこちらに歩いてきていた。ウィンドブレーカーに長靴で、クーラーボックスを持っている。どうやって入ってきたのだろう。ここは日陽新聞社の私有地を通らなければならないプライベートな場所だ。何度も来ているが、たいてい顔見知りとしか会わない。

注意しようか、どうしよう。視線で星野と話し合ったが、結局なにも言わないことにする。近ごろ釣り禁止区域が増えたせいで釣り場を見つけるのもひと苦労であり、同じ釣り人として同情したのである。

彼が準備するのを見守りながら、星野は諦めムードで言う。

「あの人も、せっかく来たのに今日は釣れないだろう。〈ツレル・パターン〉ってのは信用できないな」

「まぁ、そう言うなよ」

この日ここで釣りをすることにしたのは、単に夜勤明けの気まぐれからではない。日陽新聞の社員が受け継いできた、スズキ釣りの秘密の法則から予測したからだ。人呼んで〈ツレル・パターン〉。潮目、潮の干満、水温、風向き、前日の天候、その他風の匂いなど、新聞社の所業らしく、さまざまな傾向をグラフ化し、魚の集まる場所を導き出す計算式だ。しかし今ではツイッターなどで簡単かつ正確に釣り場の情報が共有できるようになり、社内の釣り仲間のなかでもいまだに〈ツレル・パターン〉を活用しているのは山田くらいだった。

「今日はボウズかな」

切りあげようとしたとき、反応があった。竿が急角度にしなり、かなりの手応えを感じる。星野も興奮した様子で、こちらを見守っている。焦らず慎重にリールを巻いて、獲物をたぐり寄せながら額から汗が流れた。

つぎの瞬間、数メートル先で高齢男性が投げた釣り糸が、よりにもよって風でこちらに飛んできた。案の定山田の釣り糸と交差して、あっという間に絡まる。しかも男性が「おっと、失敬」と不器用に引っ張ったり巻きあげたりしたせいで、余計にややこしいことになった。

「オマツリしちゃったね」

高齢男性はこちらに歩み寄り、頭を下げる。

「お気になさらないでください」

自分の糸を切ったあと、山田は相手をはじめて直視した。若い頃は男前だったのであろう、白いヒゲが似合う顔立ちだ。

ん、どこかで会ったことがある？

見憶えがある気はするが、いつどこでかは定かではない。そのあと釣り場を去ってから星野に訊ねると、渋くて味のある俳優の名を挙げられた。いや、実際に会った気がするんだけどと山田は思ったが、単にその俳優に似ているだけかもしれないと深く追及しないことにした。

第二回

大津絵

ÔTSU-E

「このあいだの硯の記事、職人さんの言葉にグッときちゃった」

社内の廊下でそう声をかけてきたのは数年前まで文化部にいた、山田と同期の岩佐友実子(いわさゆみこ)だった。パンツスーツに足元は運動靴で、彼女がスカートをはいているところは一度も見たことがない。

「ありがとう。今、連載の第二弾を検討してるんだ」

「まだ取材先が決まってないなら、大津絵(おおつえ)について書いてくれない？　うちの〈たのしい大津絵〉展、入場者数が伸び悩んでるんだよね」

現在、友実子は文化部と同じフロアにある企画文化事業部に所属している。日陽新聞では、多くのマスコミ企業と同様に、海外の美術館から有名な作品を借りて大規模な展覧会を行なうなど、さまざまな文化事業に予算を割いている。

友実子はこちらが訊かずとも、〈大津絵〉展について説明しはじめた。

「大津市資料館で三週間前に開幕したんだけど、内容は充実してるのにイマイチ話題にならないのよ。これから全国巡回するわけだから、頑張って盛りあげたいんだけど。それで宣伝も兼ねて、今週末には展覧会の関連イベントを企画しててね……そうだ、そのイベントに山田くんたちも取材をかねて参加してきたらどう？　職人さんの話も聞けるよ」

どんどん話を先に進めようとする友実子は、相変わらず強引だ。とはいえ周囲を引っ張っていくだけの馬力がある彼女は、文化部にいた頃から悔しいほど仕事ができた。

「相方やデスクに確認して、また返事するよ」

「そういえば〈ジャポニスム謎調査〉の相方って、雨柳民男のお孫さんなんだっけ。けっこう変わってる子みたいだから、ストレスも多いんじゃない？　居眠りとかしてるのに早くも連載を任されて、さすがコネ入社って感じ――」

「そんなことないよ。初回の硯の記事だってあいつのアイデアだったし、後輩とはいえ学ぶところも多いから」

友実子は一瞬ポカンと口をあけた。

「……どうしたの、急にムキになって」

実際ストレスは多いし円花の前ではさんざん文句を垂れているくせに、他人から言われるとなぜか必死に反論してしまっている。これでは円花を擁護（ようご）しているみたいではないか。

「なんていうか、コネ入社なんてイマドキ通用しないし、根も葉もない噂が外部に漏れたら日陽新聞社の評判も下げかねないだろ」

「それはそうね」友実子はあっさりと認めると「じゃ、私はつぎの打ち合わせに行かないと。展覧会の資料とか、相手先の学芸員さんの連絡先とか、あとでメールしとくわ」と言ってその場を去った。

おいおい、本当に大津市に行かせる気か。果たして円花は賛成するだろうか。

「大津絵ね、いいよ！」

提案すると二つ返事で受け入れられた。

「本当にいいのか？　企画当初からの候補があるだろうに」

「あったけど、多すぎて決められなかったんだ。大津絵にはずっと興味があったし、展覧会の宣伝にもなるから深っちゃんも賛成するだろうし、ちょうどいいや」

そんな軽いノリでいいのか。単なる取材だけではなく、主催事業のイベントに参加するからにはある程度手伝いもしなきゃいけないんだぞ。その辺りを説明しても、円花は「だったら手伝えばいいじゃない」と適当に受け流す。かくして〈ジャポニスム謎調査〉の第二弾は大津絵をテーマにすることになった。

＊

大型連休を間近に控え、朝の東京駅八重洲口は賑わっていた。

「おっつー、山田」

今回も円花は、機能性より個性を重視したようなオフィスでの服装ではなく、スーツ姿で颯爽(さっそう)と現れた。京都駅までの新幹線〈のぞみ〉号の切符を買うとき、またしても横並びがいいと希望したが、なぜかA席とB席を指定する。

「富士山が見えるE席側じゃなくていいの？」

「今日はこっちの方がいいんだよ」

今日はってどういうことだ。首を傾げていると、にやにやしながらこちらを見る。

「さては、山田もなんだかんだ言って、鉄道旅が好きなんじゃないの？」

「鉄道旅って、これはあくまで出張だぞ」

乗車したあと、円花は例によって迷わず窓際に腰を下ろす。

「たしかに東海道新幹線はE席が一番人気だけど、じつは下りのE席ってしょっちゅう対向列車の衝撃があって、落ち着かないんだよね。とくに今日は曇ってるからA席に直射日光も当たらないし、富士山も隠れてるでしょ。それなら面白い野立て看板を探した方が楽しいと判断したわけ」

「ど、どうしてそんなに詳しいんだ」

「常識だよ」

「……そういう情熱をさ、ちょっとは他の仕事にも向けたらどうだ？　今回も出張の事務手続きは俺がほとんど世話したんだからな。社内の書類提出やカメラの用意もしてやったうえ、資料館とのメールのやりとりもしたし」

「私だってアポをとるつもりだったけど、先越されちゃったんだもん」

「言い訳がましいな」

円花の性格から推すと、どこへでもアポなどとらずにズカズカと訪問しそうだ。心配性の山田は見ておられず、つい先回りして彼女の代わりに準備してしまうが、そんなこともお構いなしである。

「終わったことをグチグチとぼやくのはよくないよ。深っちゃんも言ってたけど、〈ジャポニスム謎調査〉はこれからも二人で担当していくんだから、当然協力し合わなきゃ。友実子ちんってば私をずいぶんと頼りにしてるみたいだし、期待に応えられるように頑張ってよ、山田」

いやいや、友実子が頼ってきたのは俺だから。しかも君の勤務態度には呆れていたみたいだぞ。極めつけには友実子ちんって。ツッコミどころ満載である。

「琵琶湖でカヌーはまだ寒いかなぁ」

アイスを食べ終えたあと、カヌーではなく船を漕ぎはじめた円花と、彼女の居眠り姿にため息を吐いている自分の両方とも前回と同じだと項垂れながら、山田は鞄からファイルを出した。友実子から送られてきた大津絵の資料には、メッセージもついていた。

お二人へ

大津絵っていうのは、ひと言でいえば、江戸時代に生まれた東海道の土産物（みやげもの）です。

土産物である以上、人から愛され、売れないといけません。そこで職人たちは、お寺の近くでよく売れた仏画の他、「鬼」や「天狗」といったモチーフを可愛くコミカルに描くようになったのです。それが今でいう「ご当地キャラ」の元祖、大津絵です。

あくまで商品なので、制作のコストカットは必須でした。そのことが大津絵の特徴をつくりあげたわけです。たとえば、半紙二枚を縦につないだサイズで統一され、使う色数も白黒の他、朱、緑などに限定されています。また同じ画題が、同じ構図とポーズでくり返し描かれているのも、品質の安定化を図るためでした。

そのことをまず頭に置けば、かわいい民画の奥深き世界に、すんなりと入っていけると思います。楽しんできてね！

「友実子ちんって親切だよね、そんなお手紙くれて」

いつのまにか起きていた円花が、目をこすりながら山田の資料を覗きこんでくる。

「君も岩佐がくれた資料、読んできただろうな」

「もちろん！　他にも色々勉強してきたから、なんでも訊いていいよ」

円花は胸の辺りを拳（こぶし）でぽんと叩いた。本当に調子のいいやつだ。しかし硯を取材した際には円花の知識に感服してしまったことが頭をよぎり、侮（あなど）ってはいけないと思い直す。今度こそは先輩らしいところを見せてやる。

「君に訊きたいことなんて……ない、ですよ」

「本当に？」と円花は信じていない表情で、顔を近づけて目を覗きこんでくる。

「ああ」と肯（うなず）き、唾（つば）を呑みこむ。

「本当に本当だね？　じゃあ確認するけど、大津絵ってどうして大津で生まれたんでしょう。東海道は江戸の日本橋から京都の三条大橋まで、五十以上もの宿場があったわけだけど、なぜ大都会でもない大津のような地点で絵がたくさんつくられたのか。もちろん答えられるよね？」

改めて考えると不思議だった。

咄嗟（とっさ）に答えが思い浮かばないが、なんとか自説を捻（ひね）り出す。

「そりゃ、あれだよ……そう、琵琶湖を眺望できる名所だから、みんなが足を止めたんだよ。『わー、なんてきれいな景色だ、ここで休んでいこうぜ』『あら、あそこに面白い絵が売ってるわ』ってな感じで、旅人の関心を惹いたわけだ」

円花の反応を窺うと、「一人芝居で誤魔化そうとしたね」と呆れ顔になっている。「でも答えは間違ってる」

「どうしてそう言い切れるんだ。一定数いてもおかしくないんじゃないの、レイクビューで足を止めた旅人がさ」

「ありえないね。大津絵の店が立地していた追分（おいわけ）は、琵琶湖がまったく見えないところにあるんだもん。大津の西のはずれ、琵琶湖とのあいだに逢坂山（おうさかやま）をはさんだ京都寄りの山間部だよ、さんかんぶ」

反論のしようもない。

「……で、答えは？」

素直に訊ねると、円花はふふふと笑った。

「大きくふたつの説があります。ひとつ目は、仏画師がたくさん住んでいたからという説。彼らはもともと京都の本願寺近くにいたんだけど、徳川家康が本願寺を東西に分裂させたときに居場所をなくして、代わりに大津宿の少し手前の土地を与えられたの」

「そ、そんなことくらい、俺も知ってたさ」

負け惜しみを口にしたあと、「ちなみに、ふたつ目は？」と訊く。

「渋滞したからだよ」

江戸時代、逢坂峠のある大津は東海道でも難所だったため、多くの人が休憩しただけでなく、伏見街道（ふしみかいどう）との分岐点、つまり「追分」があって混雑した。そこでは牛車や荷車が往来したうえに、当時流行っていたお伊勢（いせ）参りや西国三十三所巡りをする多くの人も通過した。大津絵を育んだのは、そんな地理的条件なのだと円花は説明した。

「今からその実物が見られるなんて楽しみだねっ」

夢中になって話す円花のキラキラした瞳を見ながら、本当に美術や歴史に関することが好きなんだなと思う。新幹線の車窓から見える空は、名古屋を過ぎた辺りから晴天に変わっていた。


京都駅構内はまっすぐ歩けないほど混雑していたが、湖西線のホームは比較的空いていた。関西の路線には乗り慣れていないので、ひそかにワクワクしていると、円花が山科駅から京阪京津線に乗り換えたいと言い出した。

「なんでわざわざ」と慌てる。

「前から乗ってみたかったの」

「さっきも言ったけど、今日は観光じゃないんだ。もし遅れたりしたら――」

「もうっ、本当に頭が固いね。ルールばっかり気にしてると、肝心なことを見失っちゃうよ。大津に向かうことに違いはないんだから、ちょっとくらい回り道してもいいじゃないの。たった十数分の差だし」

「まったく」

と言いつつも、じつは山田も指摘された通りの鉄道旅好きで、その面白さを共有できて嬉しい反面、先輩っぽく役割を演じてしまった自覚があった。というわけで押し切られ、山科駅で下車した。首から一眼レフを下げる円花のうしろを歩きながら、石巻市の出張でも彼女に振り回されたことをふり返る。なんだか嫌な予感がしてきたが、どうか的中しませんように。

「それにしても、京阪京津線ってなにか特別なのか？」

「乗ってみてのお楽しみ」

まもなく京阪山科駅で乗車した車両は、大津方面に向かって民家の隙間を走り抜けた。洗濯物の干されたベランダや、遅咲きの桜もときおり通り過ぎる。人のまばらな昼前の車内では白髪の女性がうたた寝をしている。たしかに日常のなかに特別さが感じられて心が浮き立ってくるけれど。

やがて追分を越えた辺りで、線路は国道一号線と併走しはじめた。通り沿いにぽつぽつと立ち並ぶ古い店に、今はもう大津絵と書かれた看板はない。この景色を見たかったのだろうかと考えていると、円花はつぎの駅でいきなりホームに飛びだした。

「降りるのはまだ先の駅だろ！」

山田はぎょっとして席から立ちあがり、車内から呼びかける。

「見て見て、ここ！　ベンチの脚が左右で違う長さになってる。すでに坂道がはじまってる証拠だね」

言われてみれば、ホームは勾配（こうばい）がついて、停車中の電車も傾いている。しかしわざわざ電車から出ていって指さす必要がどこにあるのか。肝を冷やす山田をよそに、円花は慌てる様子は一切ないまま明るくつづける。

「これやこのー、いくもかえるもわかれてはー」

「あ、逢坂の関？」

「そう、百人一首。今じゃトンネルが掘られて、短時間で快適に向こう側まで移動できるようになったけど、昔はこの辺りで多くの人が別れたり出会ったりしたんだよね。そしてその思い出の品だったのが大津絵。だから単なる絵じゃなくて、いろんな人のいろんな想いが込められていたの」

そうか、大津絵が生まれた地理的条件を実際に確かめることこそが、京津線に乗り換えた理由だったのか。あのまま湖西線に乗っていたら、北へ逸れて追分も通らないで終わっていたわけだしな。

「なるほど——って、早く戻りなさい！」

「肝っ玉の小さい男だね。そう急かさなくても、ちゃんと計ってるから」

円花が悠々と車内に入った数秒後、ドアが閉まった。

「君さ……途中で停車した駅のホームで駅弁買えるタイプだな」

「そうだね、いつも買いに出てるよ。なんならおススメ訊いてじっくり悩んじゃう」

無邪気に答える円花を見ながら、とんでもないやつだと絶句する。その直後、うたた寝をしていたお年寄りから「元気やねぇ、お姉ちゃん。飴（あめ）ちゃんいる?」と声をかけられ、嬉しそうに受けとっていた。

つぎの駅に向かうまでの道のりは、山岳鉄道さながらの急斜面だった。トンネル内の坂を低速でくだって外に出ると、今度は街中を走る路面電車に変わる。スマホで調べると、京阪京津線は、京都市内の御陵（みささぎ）駅では地下鉄、府県境では登山鉄道、大津市では路面電車という三つの顔を持つという点で、特殊な車両が用いられているそうだ。これはすごい。終点のびわ湖浜大津（はまおおつ）駅の手前では、鉄道ファンがずらりと並んでカメラを構えていた。

「お楽しみのランチだよ」

車両から下りて、ずんずんと先を行く彼女を追いながら、これまでの経緯を思い出す。資料館でのアポは午後二時なので、山田は当初それに合わせた時間帯の新幹線で旅程を組んでいた。しかし円花は当初から、早くに出発してグルメを楽しんだり出会ったものを勉強したりしたいとゆずらなかった。山田一人であれば出張の案件を終わらせるまでは、心から自由な時間だとは思えないので、イベントの前にはせいぜい駅弁などで腹を満たしただけだったろう。

新聞記者として見聞を広めることは大事だが、今回も円花のペースに巻き込まれている感は否めない。

駅前から延びる大通り沿いに、昔ながらの商店街の入口が現れる。商店街を抜けて路地を一本入ると、老舗らしい料理店があった。事前に店を調べていたらしい円花は「もう決めてあるんだよね。山田も同じものにしてごらんなよ」と選択権を与える隙もなく、〈近江三昧定食〉なるものをふたつ注文する。

「山田って、釣りが趣味なんだよね」

とうとつに問われ、湯呑みを口に運ぼうとしていた手を止める。石巻市で海鮮丼を食べた店での会話をよく憶えているじゃないか。興味のないことはすぐに忘れると断言していたくせに、釣りが趣味だという他愛のない情報を記憶にとどめているなんて。

「やっぱり鮒って、釣りの基本なの？」

「鮒？　まぁ、鮒にはじまり鮒に終わるって言うしね」

多くの釣り好きと同じように、山田も実家近所の池に鮒目当てで出かけたことが、釣りの原体験だった。上京してからはもっぱら海釣りに転向しているが、年をとって川や公園の池に戻ったという人の話もよく耳にする。

「このお店って、美味しい鮒寿司を出してくれるので有名なんだよ」

「ふ、鮒寿司か。独特の臭みがあるんじゃなかった？」

「日本を代表する高級珍味だから、人生経験の乏しい山田も一度は食べてみないとね」

臭みについての疑問は無視された。やがて近江牛をメインに味噌汁と白米の他いくつか小鉢がついた膳が運ばれてきた。そのひとつが琵琶湖で獲れた鮒をお米で漬けこんだ、鮒寿司らしい。

まずは近江牛に箸をつける。ステーキソースとおろしポン酢の二種で楽しめ、期待を裏切らない貫禄がある。ひと切れ食べてみると、噛み応えのある充実感が口いっぱいに広がり、白米がとにかく進む。滋賀県の名物だという佃煮(つくだに)のエビ豆は、豆とエビが甘辛く炊かれた優しい味で、こちらもご飯に合う。

しばらく近江牛を堪能していたが、お膳のうえでそのままになっている鮒寿司が目に入った。何度か鮒を釣ったけれど、食べたことは一度もない。濁った湖沼(こしょう)にも生息する鮒はどうにも生臭いイメージがある。顔を上げると心を読まれたのか、円花がじっと見つめてきた。

「ほら、早く試してごらんなよ」

「そ、そうだな」

狼狽(うろた)えつつも、山田は一切れ箸でつまんで、香りを味わう。すると鮒を漬け込んでいたお米の発酵臭が鼻をついた。思い切ってまるごと口に入れたとたんに、酸っぱさと強烈な臭みがいっぱいに広がる。噛むほどに臭みと比例して旨味も増すが、なかなか飲み込めない。

「あはは、すごい顔してる」

呑気に笑いながら「この、まわりについてる発酵したご飯を『いい』って呼ぶらしいんだけど、たまらなく美味しいんだよね。栄養抜群らしいし」と言って、円花はなんの躊躇(ちゅうちょ)もなく一切れ食べると、店員に向かって手を挙げた。

「た、食べ慣れてるんだな」

「もちろんっ。すみません、日本酒ください」

「おいおい仕事中だぞ」

「後生(ごしょう)だから一杯くらい見逃してよ」

「見逃しません。我慢しなさい」

まったく油断も隙もない。

会計を済ませるとき、レジ前で土産用の自家製鮒寿司が売られていた。なんでもこの伝統的な発酵食品は、各家庭によって味付けの違う家庭料理だったらしい。円花はよほど気に入っているらしく、レジにいる女性店員が驚くほどの数を手渡していた。そんなに大量に買って一人で食べきれるのか、それとも土産として渡す相手がいるのか、謎だ。

タクシーで訪れた〈たのしい大津絵〉展会場の資料館は、京都市と大津市を隔てる比叡山の大津市側の中腹に位置していた。館のエントランスからは、晩春の陽ざしを浴びてきらきらと輝く琵琶湖が、清々しいほどに一望できる。日本最大の湖だけあって、対岸がかすんで、まるで海のようだ。受付で取材にきた旨を伝えると、四十歳前後であろう、ふくよかな体形の女性が現れて「お待たせしました、私が担当の滝上です」と声をかけてきた。

挨拶をしながら、鞄から名刺ケースを出した円花が、ドヤ顔でさりげなく目配せしてくる。前回大騒ぎしたことは一応憶えていたようだ。分かった分かったと山田は肯いてあしらう。

「雨柳円花と申します。何卒よろしくお願い致します」

そういえば、じつは敬語もちゃんと使えるんだよなと思う。山田にはつねにタメロで接してくる円花だが、深沢デスクには敬語のときもあるし、仕事の取引先にもしっかりと接する。使えるうえで自分にはタメロをきいてくるのだ。円花は「山田のキャラが打ち解けやすいからだよ」ともっともらしく言っていたが、単に先輩として敬っていないだけではないか。

「雨柳さんって……」と呟き、滝上学芸員は名刺を見つめる。「失礼ですが、雨柳民男先生となにかご関係があったりします？」

「祖父のことをご存知なんですか」

円花は嬉しそうに両手を頬に当てた。

「お孫さんなんですね」と滝上は声を弾ませる。「珍しい苗字だし、新聞社の文化部にお勤めだし、もしかするとご親族の方じゃないかなって思っていたんですが、お孫さんだなんてお会いできて光栄です。雨柳民男先生が著した『お〜い、道祖神』は、学生時代から私のバイブルですから！」

「あれね、男根の神さまを追った本でしょ。ありがとうございます」

だ、だんこんって道祖神はそれだけじゃないだろうが。凍りつく山田をよそに、二人はいきなり意気投合して、展示室の方に廊下を歩いていく。滝上は自身が崇めている民男のことを、単なる「おじいちゃん」扱いする円花を純粋に面白がっているようだ。かやの外に取り残された山田は、慌てて二人のあとを追いかける。

「そういえば、駅の近くで鮒寿司をいただいてきました」

「はい、お昼は召しあがりましたか」

「滋賀県民のソウルフードはどうでした？」

「すっごく美味しかったです。日本酒と楽しみたかったんですけど、この先輩に止められちゃって」

「それは残念でしたね……お酒と一緒だと、もっと美味しいのに」

滝上は同情するように眉をひそめ、ちらりと山田の方を見る。なんだか、悪いことをした気分になる。勤務中なので止めたが、もしや鮒寿司に至っては例外的に飲酒を許すべきだったのだろうか。

「雨柳さんがイケる口なら、今晩おすすめの店にお連れしますよ。じつは私も家で漬けてるくらい鮒寿司好きで、滋賀の地酒と合わせて毎日楽しんでいますから。おかげでこんなことになっちゃったくらいで」

滝上は嬉しそうにお腹の辺りをぽんと叩いた。

あっというまに相手の懐（ふところ）に入った円花を、山田は完敗した気分で眺める。民男という後ろ盾を巧みに利用したうえに、初対面の相手に心を開かせるという能力が謎に高い。鮒寿司が初めてではないのに、雰囲気に合わせた受け答えにもひそかに舌を巻いた。認めたくはないが、新聞記者の素質を持ち合わせた強者（つわもの）なのだろうか。これまで回り道に付き合わせるわ、途中下車して慌てさせるわ、鮒寿司を食べさせるわ、さんざんふり回されて、ダメな子の保護者気分だった山田は大いにモヤモヤした。

特設展示室には、大津絵の代表作がずらりと並んでいた。資料で目を通すだけでは、なかなか画題までは憶えられなかったが、見応えのある実物を鑑賞していると、代表的なモチーフに目が慣れてくる。

庶民のために布教活動にいそしむ僧衣姿の鬼を描いた「鬼の念仏」。ゆるっとした小さな仏を十三体表した「十三仏」。長寿で高く伸びきった福禄寿（ふくろくじゅ）の頭の毛を、梯子（はしご）にのぼった大黒天が剃っている「外法の梯子ぞり」。

「これらは大津絵十種を含めた、江戸時代に人気だった代表的な画題です。江戸後期になると、主にこの人気キャラが重点的に売られました。品物を人気キャラに限定することで、在庫ロスを防いだんですね。面白いのが、人気キャラになったモチーフほど人の愚かさを風刺するような内容が多いことなんです」

滝上いわく、たとえば「鬼の念仏」は見方を変えれば、偽善者をコミカルに批判している。聖職者の袈裟を着ていても、恐ろしい顔をした鬼でしかないという描写は、当時の拝金主義的な仏教界への痛烈な皮肉でもあった。

メモをする山田のとなりで、円花がボソッと言う。

「こりゃ、口先では文化的価値だのなんだのと偉そうなこと言って、じつは売上部数ばっかり気にしてる部長にプレゼントしたいね」

「シッ、そんなこと言うなって」

当の部長に届くはずもないのに、ここでも優等生的に振る舞ってしまう自分がいる。

他にも「雷神と太鼓」は、大切な太鼓を水面に落としてしまい、漆黒に渦巻く雷雲から必死に身を乗り出して、吊るした錨で釣りあげようとする雷神の姿を描いている。どんなに手練れの者でも失敗するし、その姿は滑稽だという教訓がひそんでいるらしい。

「こっちは深っちゃんにあげたいよ。いつも私の文章に赤入れしてくるくせに、自分だってよく間違ってるから」

だから、社外で上司のことを悪く言うんじゃないよと、またもや思った矢先に、

「やっぱり目の付け所が違いますね、雨柳さん。おっしゃる通り、大津絵は誰かに贈るためのもので、それぞれに効能があったんです。仏壇の代わりに飾る家庭もあったほどでして」と滝上は円花に応じる。

なんでも、さきほどの「鬼の念仏」には子どもの夜泣き封じ、「雷神と太鼓」には雷よけ、美人画の「藤娘」には良縁祈願、鷹を携える若者「鷹匠」には紛失品発見。他にも、大雨や地震が多発すると、水難除けの効能を謳った「瓢箪なまず」が売れた。疱瘡などの疫病が流行すれば、弓矢を携えた「為朝」や「矢の根五郎」をはじめとする英雄の絵を人々は買い求めたという。

「市井の人に愛されただけに、そのときどきに売れた〈大津絵十種〉は、どれも世相を反映しているというわけです」

滝上の説明を聞きながら、民間信仰という言葉が浮かぶ。健やかな未来や誰かの幸せを願う気持ちが、大津絵には投影されていたのだ。一見、元祖ゆるキャラと見せかけて、時代背景を反映しているところが奥深い。

「だからこそ、多くの人に来てもらえるといいんですけど」

がらんとした展示室を見回しながら、滝上はため息を吐く。

「鉄道が開通して東海道を行きから人が減ったあと、大津絵は衰退の一途を辿りました。今じゃ大津絵を描いている方も、今回イベントで実演してもらう職人さんくらいしか残っていないんです」

「イベントが集客のきっかけになるといいですね」としみじみした気持ちで言う。

「ええ。明治時代、柳宗悦によって芸術品として見直されたおかげで、現在ではこうして表具をつけられ、高額で取り引きされていますが、もともとは芸術品ではなく庶民に親しまれたサブカルチャーでしたからね。広く楽しんでいただきたいです」

話のさなか、滝上のスマホが着信した。

「すみませんが、少し失礼します」

滝上はしばらく離れたところで電話していたが、顔色を変えて戻ってきた。

「申し訳ございません、大変な事態になりました。講師をお願いしていた職人さんが、自宅で転んで利き腕を骨折してしまったそうです」

「えっ、それはつまり……」

動揺する山田に、滝上は残念そうにつづける。

「回復のためには安静にするしかないと医師から言われたそうですが、腕を使えないとなれば、明日のイベントは中止にせざるをえませんね。満員御礼で予約をいただいているのに、弱りました」

「どうキャンセルの対応をしましょうか」

ともに狼狽(うろた)える山田を押しのけるように、円花が口をひらいた。

「ダメダメ、諦めるのはまだ早いですよ。大津絵を描いている他の方に代理講師をお願いしてはどうでしょう」

「おい、ちょっと――」

なにを言ってるんだ。大津絵職人は今じゃ今回の方くらいしかいないと聞いたばかりじゃないか。展覧会の担当者でもないのに適当に提案して。フォローの仕方を必死に考えている山田の耳に、滝上の感心したような答えが飛びこんできた。

「さすがです、その発想はありませんでした」

「えっ？」

驚く山田をよそに、滝上はつづける。

「もう数十年前になりますが、私がここに就職したての頃は、大津絵を制作なさっている方が複数いました。講師をなさる予定だった金丸又兵衛(かねまるまたべえ)さんに訊けば、代理を引き受けてくれる職人さんが見つかるかもしれません」

「絶対にご存じだと思います。今は自宅に戻られているんですよね？　これから二人で又兵衛さんのところにも取材しに立ち寄る予定だったので、私たちからこの件を交渉してみましょうか」

あまりに意外な展開に山田はおろおろするばかりだった。しかし円花はもう心を決めたらしく、滝上も安心しきったように肯く。

「たしかにお電話でお訊ねするよりも、直接会いにいった方がよいかもしれません。ただ大変申し訳ないのですが、私は別件がありまして、お二人にお任せしてもいいでしょうか。参加者には今日中にイベント中止のお知らせをする必要があるので、夕方までに代理が見つからなければ諦めましょう」

「大丈夫です、きっと見つかりますよ」

円花は親指を立てた。いやいや、どこから来る自信だよと思った瞬間、意外にも滝上も同じポーズで「よろしくお願いします」と返していた。もしかすると似た者同士なのだろうか。こうして円花と山田は、滝上の代わりに又兵衛のもとを訪ね、彼以外の大津絵職人を探し出すことになった。

*

又兵衛の自宅兼店は資料館からほど近い、門前町の坂道沿いにあった。タクシーで向かう道中、となりに座る円花はマイペースに街並みを眺めながら「穴太積み(あのうづ)だね」とシャッターを切る。近江に古来伝わる石工(いしく)、穴太衆(しゅう)による優れた野面積み(のづらづ)のことらしい。よく気がついたものだ。しかしどこからその余裕が生まれるのだろう。

「それより、代わりの大津絵師なんているのかね?」

「心配しなくても大丈夫」

「どうしてそこまで断言できるんだ」

「大丈夫だって思えば、なんでも大丈夫なものだよ」

「つまり、なんの根拠もないってことか」

愕然とする山田を置いて、円花は到着したタクシーから元気よく飛びだした。手入れの行き届いた生垣の向こうに、立派な門構えの古民家が佇んでいる。

「ほら、見て! 鍾馗さんがあんなところに」

円花が指している先には、瓦屋根の破風に小ぶりな瓦素材の人形が飾られていた。果敢に戦うような姿勢をとっているものの、高々と跳ねあがった濃い髭やぎょろりとした目玉や三頭身の身体は、恐ろしさよりも剽軽さの方が勝っている。

「鍾馗って大津絵十種と同じくらい作例の残っている、疫病や悪鬼を追い払う人気のモチーフだっけ」

「そうそう。京都ではよく家の戸口にあったりするんだよ。鍾馗さんはね、中国の皇帝の病を治してくれた神様なの。生前は科挙に落ちて自殺した受験生だったんだけど、気の毒に思った皇帝が廟を建ててくれた恩返しとして、皇帝の命を助けてくれたんだ」

「ああ見えてずいぶんとナイーブだな」

「分かってないね、山田は。科挙ってのは受験生の地元全体まで巻きこんだ壮絶な戦いだったんだから。しかも鍾馗さんは、あと少しで合格っていうところまで行ったんだよ。たとえるなら、エベレストの九合目で脱落しちゃったみたいなもんだから、期待して協力してくれた人たちにも申し訳なかったんだよ」

「なるほど、それは気の毒だ」

鍾馗のご利益を求めて、山田はスマホで撮影する。

「へへぇ、山田の運の悪さも、それで解決されるといいね」

知ったような顔で言う円花に、俺の疫病神はおまえのような気もするけどな、とちらりと思ったが口には出さないでおいた。

静かな店内に訪いを入れて進むと、古めかしい香りがした。高い天井の梁は立派な古木で、柱のあちこちに江戸文字の千社札が貼られている。展示ケースには、代々の金丸又兵衛が描いた大津絵が並ぶが、従来の半紙だけでなく色紙や珍しい形の木にまで、大津絵のキャラクターがびっしりと描かれていた。

とつぜん異世界に迷い込んだようで、おそるおそる奥を覗く。すると工房になっているらしい奥の部屋から、腕にギプスをはめて首から吊るした六十代後半ほどの男性、金丸又兵衛、その人が現れた。

円花と山田がかぶりがちに挨拶すると「今回は取材のご依頼をいただき、ありがとうございます。ただ明日のイベントについては、滝上さんにも話したように、私の不注意で実演できなくなってしまい、本当に申し訳ありません」と頭を下げられた。

「その件で早速ですが、又兵衛さんにお訊ねしたいことがあるんです。どなたか他に大津絵を描ける方をご存じありませんか？　以前この街には、他に何人もの大津絵の描き手がいらしたと伺いまして」

問いのあとで又兵衛が置いた間に、山田は緊張をおぼえる。

「いるにはいますが、そうは言っても私も長いあいだ会っていないし、まだ描いているかどうか……」

「心当たりがおありなんですね。その方のお名前は？」

「首藤（すどう）キミ代さんといいます」

ぼそりと答えた又兵衛に、円花は即座に語気を強める。

「おじいちゃん、その人紹介していただけませんか」

「……いいですけど。引き受けてくれるかな」

「なんなら、僕からご連絡してみますので」

山田が提案し、教えてもらった首藤キミ代の自宅の番号にかけると、電話口に出たのは義理の娘で、本人は市内のケアハウスに入居していると分かった。娘いわく面会などは自由なので、会いたいのであれば直接訪ねるといいとの素っ気ない返答だった。

「もう時間がないので、今からケアハウスに行ってみましょう。又兵衛さんも僕たちと来てくださいませんか」

　提案すると、又兵衛はどこか戸惑いを含んだ調子で肯いた。さきほどから気が乗らない様子だが、なにか事情でもあるのだろうか。

「あの、首藤さんとはどういう……」

一抹（いちまつ）の不安をおぼえて訊こうとしたが「まぁまぁ、みんなで行ってみようよ、ね」と円花に遮（さえぎ）られた。

　店を臨時休業にしたあと、駐車場に停めていたワゴンに導かれる。当然ながら、又兵衛本人は怪我で運転できないので、円花が「うちの山田が運転します」と押し切った。

「人の車は怖いよ」

「いいから、つべこべ言わずに」

　流されるまま、山田はハンドルをにぎった。

　道中、円花は又兵衛に大津絵の制作についてだけでなく、キミ代との関係についてインタビューをはじめた。なるほど、一方的に運転を押しつけたのは移動時間に取材するためだったのかもしれない。

円花は言葉巧みに、二人の職人が疎遠になった事情を聞きだす。

——先代の金丸又兵衛は、大津絵に惚れこんでその道に単身で飛びこんできたキミ代のことを、実の娘のように可愛がっていた。年下のキミ代と当代の又兵衛は、いわば兄妹弟子としてともに大津絵を描いていた。しかし当代の又兵衛が先代から襲名した数年後、キミ代は工房に現れなくなった。

その理由を訊ねた円花に、又兵衛は肩をすくめる。

「私にもよく分からないんです」

「分からないってどうして？　きっかけとかあったでしょ」

砕けた口調になって迫る円花を気にすることもなく、又兵衛は記憶を辿るように間を置いてから説明する。

「キミ代さんが口をきいてくれなくなった日のことは、今でもよく憶えています。真夏の蒸し暑い日でした。私たちはいつものように並んで大津絵を描いていたんですが、キミ代さんが仕上げた鍾馗さんの絵について声をかけたら、とつぜん顔色を変えて、怒って帰ってしまったんです。なにがなんだか分からなかったんですが、確認しようにも工房に来なくなってしまって。こっちも急にそんな態度をとられてショックだったし、何度か会いにいっても顔を見せてくれず、いつのまにか深い溝ができてしまいました」

「ただ声をかけただけで、ですか」と山田はハンドルを握りながら首を傾げる。

「ええ、ショックでしたよ。それまでは仲も良かったですからね。もしかすると、なにか不用意なことを言って彼女のプライドを傷つけてしまったのか、知らず識らずのうちに彼女に疎まれていたのか、本当は彼女が『金丸又兵衛』を襲名したかったのか、さまざまに想像したんですが」

「おじいちゃん、いったい何年放置してたのさ！」

円花は前のシートに乗り出し、又兵衛は「え？」と身を引く。

「今回のイベントで二人の付き合いもまたはじまるよ、よかったね」

又兵衛の肩をぽんと叩いた円花は、まるでキミ代と又兵衛のことを以前から知っているような口ぶりだったが、山田はもう気にならなくなっていた。又兵衛も「そうですね、和解のチャンスにしたいものです」と勇気を得たようだ。

　ケアハウスは琵琶湖湖畔に位置し、個室からは対岸の草津市まで望めそうだった。駐車場に車を停めて、山田と円花は又兵衛とともに受付に向かう。来意を告げると、女性スタッフがにこやかに応対してくれた。

「首藤さんを探してきますので、少々お待ちください」

手持ち無沙汰のままに、待合スペースにあったパンフレットに目を通す。ケアハウスとはつまり、高度な介護が必要なわけではないけれど、自宅生活が難しくなった高齢者が、比較的安価で日常生活のサポートをしてもらえる住居型の福祉施設らしい。

パンフレットをつい読みこんでしまったが、ふと顔を上げると、一人のおじいさんがこちらを興味津々に見ながら、杖をついてゆっくりと歩いていった。見回せば新聞を読んでいる入所者もいる。たしかにずいぶんと自由な雰囲気だ。

キミ代が現れるのにはまだ時間がかかりそうだったので、山田は受付の近くのお手洗いに向かった。用を済ませて手を洗っていると、ほのかに煙草の匂いが漂ってくる。どうしてこんなところで煙草の匂いが。開け放たれた小さなドアの外をのぞくと、車椅子に乗ったおばあさんが喫煙をしていた。紫色に染まった白髪と派手な柄のシャツには貫禄が漂っている。目が合って、あからさまに眉をひそめられた。

「なんやの、お兄さん？」

しまった、居合わせてはいけないところに来てしまったようだ。というか、こんな施設で喫煙なんて許されるのか。これはきっととんでもない不良ばあさんだ。「なんでもありません、失礼しました」とその場を立ち去ろうとしたとき、さきほど受付で対応してくれた女性スタッフが現れた。

「キミ代さん、また煙草なんか吸って！」

なんとこの不良ばあさんが首藤キミ代だったのか。咎（とが）めるスタッフに、キミ代は「ほやかて、今日はヒロシくんがおらへんのやもん。ヒロシくんなしじゃ一日なーんもおもんないわ」とそっぽを向いた。

「わがまま言わないでください。彼、今日はシフトが入ってないんです」

「分かっとらへんな。イケメンがおってくれれば、それだけでこっちも元気になるねん」

と拗ねたように唇を尖らせたあと、キミ代はちらりとこちらに目配せした。なんとも意味ありげな視線だったので、山田は反射的に後ずさりする。

「ところでお兄さん、どなた？」

キミ代はいささか艶っぽい声で訊ねた。

「は、はじめまして、日陽新聞社文化部の山田文明と申します。このたびはキミ代さんに折り入ってご相談したいことがありまして、大津絵師の金丸又兵衛さんとここにお伺いしたところなんです」

「又兵衛やて？　なにを今更」

キミ代は途端に笑顔を消したが、すぐに切り替えて「又兵衛のことなんかどうでもええわ。お兄さん、新聞記者さんなんて優秀なんやね。よう見ると、整った可愛い顔立ちしてるやないの。芸能人に似てるって言われるやろ？　なんちゅう子やったかな、最近ど忘れが激しくって……あ、分かった、神木くんやわ、神木隆之介くん！」と嬉しそうに指を鳴らした。

「年齢は近いですけど、似てはいないと思いますよ」とタジタジになりながら山田が否定しても、キミ代は「いいや、絶対に神木くんに似てるで、そっくりやわ」と譲らない。人の話を聞かない不良ばあさんだと内心毒突く。

「見つけた！」

ふり返ると円花が仁王立ちしていた。彼女の背後からは、又兵衛が遠慮がちにこちらを覗いている。山田はわれに返り、円花のことを紹介してキミ代に相談したいことを打ち明ける。「それで、僕たちはキミ代さんに代理講師をお願いしたいのです」

「都合のええことばっかり言わんといて」

キミ代は山田ではなく、円花の陰に隠れていた又兵衛を睨んだ。

又兵衛はびくりと肩を震わせたあと、意を決したように前に飛びだし、キミ代の車椅子の前に跪いた。

「キミちゃん、あのときは君の気分を害してしまったみたいで、ほんまにほんまに申し訳なかった！　でもわしもなんでキミちゃんがあんなに怒りだしたんか、よう分からへんかってん」

「分からへんってどんな神経してんねん。一生懸命絵を描いていたうちのことを、常軌を逸した女みたいに侮辱しといて」

「まさか、そんなこと言うわけないで」

「いーや、言ったね。うちの絵を見て『正気なのか』って訊いたやんか」

「わしが君にそんな失礼なことを訊くわけない！　あのときのことは何べんも思い返したから、よう覚えてる。わしはただ、キミちゃんが描いているんは『鍾馗なのか』って訊いただけで……あ」

微妙な空気が流れ、全員がポカンと顔を見合わせた。

「まさか、正気と鍾馗というダジャレみたいな意味のとり違いのせいで、お二人は何年間も仲違いをなさってたんですか」

山田がおそるおそる訊ねると、さすがのキミ代もバツが悪そうにしている。「あのときは自分でも、新たな画風を開拓するために試行錯誤してたんや。せやのに『正気なのか』なんて訊かれてもうたら、誰かて自信なくすやろ。大体、あんたのアクセントがおかしいのがあかんのよ」と呟いた。

さっきから思い込みが激しく、人の言うことを聞かないおばあさんだと感じていたが、若い頃から変わらないようだ。そういえば、円花にも似たところがあるような。興味のないことは何回訂正しても直さないし、思い込めば突っ走るし。このあいだも「アライバ」コンビのことを「洗い桶」とずっと間違えていた。

山田が一人思いを巡らせていると、又兵衛が申し訳なさそうにつづける。

「そうやったんやね……わしとしては、本当にキミちゃんが描いていた画題が鍾馗さんかどうか分からなかっただけでさ。なんせキミちゃんが描いていたのは、素っ裸な鍾馗さんやったから」

「めっちゃ暑かったんやもん、あの日」と恥ずかしくなったのか、キミ代は声を大きくした。「兎にも角にもうちはもう大津絵は描いてへんねん。ご覧の通りヘルパーさんのお世話になってるし、腰も痛ければ目も見えづらい。はるばる来てくれたのに悪いけど今更力にはなれません」

強い口調に怯んだ山田の横で、それまで二人を見守っていた円花が口をひらく。

「キミ代さんもそう意地を張らずにさ。お互いに誤解していたんだから、仲直りすればいいじゃない。私にもそういうところあるから分かるよ。もし引き受けてくれたら、この山田が全面的にサポートするしさ」

円花に背中を押された山田を見つめて、キミ代は眉を上げた。

「サポートって……たとえば、手を握って補助してくれたり？」

ん、なにを言った今？

「おやすい御用です」

グイグイと前に出され、キミ代からぎゅっと手を握られた。

「やっぱり若いお兄さんはええなぁ。ホルモンが分泌されるって感じで、なんや昔を思い出してきたわ。私かてモテへんかったわけちゃうねんで。才能と美しさに惚れこんで、言い寄る男も数え切れへんくらいおったし」

なんだこの状況は。混乱する山田をよそに、キミ代は全盛期の自慢話をつづける。発汗が止まらないが、キミ代の機嫌はよくなってきたらしい。救いを求めて円花を見ると、鞄からファイルを出した。

「これ、その頃の首藤さんですよね」

円花が取りだしたのは、古い記事のコピーだった。キャプションを読めば、たしかに美しく潑剌（はつらつ）とした若き日のキミ代本人の写真のようだ。おそらく自身で描いたのであろう大津絵を掲げて、カメラに向かって満面の笑みを浮かべていた。

「自分、なんでそんなん持ってんの」

キミ代の驚きは山田も同じだった。いつそんなことまで調べたのか。まさか又兵衛が怪我をしてキミ代に代打を頼むという展開を見抜いていたとは考えにくい。円花は熱のこもった口調でこうつづける。

「首藤さんは三十年前、パリやロンドンをはじめ世界の各都市で大津絵の展示をなさっていましたよね。昔からヨーロッパで高い評価を得ていた大津絵を、キミ代さんは当時広く宣伝してらっしゃった。そんなすごい方がいるのに、今回大津絵を展示する展覧会に関わっていただけないなんて残念すぎます。どうか力を貸していただけないでしょうか。他ならぬ日本の魅力的な文化、大津絵のために」

いつになく敬語を使って真面目に頭を下げている円花を、しばらく山田は黙って見つめていた。

「もう大津絵なんて知っている人も少ないし、うちの子どもも古臭いからって見向きもせぇへんけど」

「そんなことはありません。今でも大勢のファンがいます」

円花がまっすぐ目を見て言うと、キミ代は深く息を吐いて「しゃあないな」と呟いた。

＊

「大津絵っちゅうんはな、楽しく自由に、でもテキパキと描くもんやねん。なぜなら、旅人に売られたものやろ？　旅人は疲れがとれるとすぐにつぎの目的地に出発するから、彼らを待たせへんように手際よく、しかも楽しませながら描かなあかん。在庫を売る場合もあったんやけど、つくりたて描きたての絵がほしいっていう人もおったからね。見世物としての面白さも人気が高かった理由なわけよ。やから今日は、その面白さを体験していってね」

資料館の創作ルームで、キミ代は参加者たちを前にマイクを握っていた。

昨夜は、キミ代が娘夫婦に預けていたという、大津絵を描くための道具を引きとりに行ったり、新たな段取りを確認したりと、慌ただしく過ぎた。山田達がホテルにチェックインしたのは夜も更けてからだった。

イベント開始まではまだ気の乗らない様子だったキミ代も、三十名を超える参加者の前に立ったとたんに一変し、活き活きと意欲的になった。

そして山田は今、なぜかキミ代の助手を務めている。自分は手先が不器用だから足手まといになるだけですと断ろうとした山田に、なんでもお願いしていいって話やったやないのとキミ代は有無を言わせなかった。

「まずは、紙づくりからいくで」

参加者を数名ずつに分けたグループに、キミ代は半紙二枚を配って、つなぎ合わせるように指示した。山田はキミ代の傍らで、ぎこちない手つきで縦長につないでみる。

「こ、こうでしょうか」

「そうやない、表裏がちゃう！」

いざ大津絵を制作する段になると、キミ代の貫禄はいっそう増した。それをギプス姿の又兵衛が「まぁまぁ、みなさん最初なんやから」と穏やかにフォローする。そんな二人のやりとりは参加者から笑顔を引きだし、わいわいと作業は進んだ。

「つぎは、みなさんが選んだ画題に応じた、合羽摺(かっぱずり)の道具を配りまっせ。合羽摺っちゅうんは、防水や防虫の効果のある柿渋を染み込ませてある、江戸時代の合羽に使われていた素材の型紙を使った版画技法のひとつやねん。こういう風に紙に穴が空いてるやろ？この下に白い紙を敷いて、上からパッと刷毛で色を塗れば、あら不思議、こうやって下絵ができるわけや」

「全部手描きじゃないんですね」

驚きのあまりコメントしてしまった山田に、「そんなん、効率が悪くなるやないの」とキミ代は答える。なかには肉筆のみで描くものもあるが、たいていは量産のために摺りの技術を交えるという。

「大津絵の描き方にはな、誰でも簡単に手際よく描けるような工夫が凝らされてるねん。こうやって摺っておけば、大きく構図がズレることもないやろ」

説明を交えながら、あっという間にキミ代は合羽摺を終えた。白い紙のうえに、鬼の顔と手足に当たる朱色の塊がぽつぽつとできあがる。すると次の型紙を目の前に置いて、さらに何枚も摺っていく。

「大津絵を生みだした工房は、そこらへんのご家庭なわけ。お子さんが顔料練って、お母さんが合羽摺して、お父さんが輪郭描いてっていう調子で手分けしててん。制作のすぐ近くに日常があったんよ。さっきまで寝てたような半裸のオヤジが、客が来たからさくっと描いたろかってな具合やね」

同じ江戸時代の大衆文化でも、プロフェッショナルな絵師、彫り師、摺り師によって分業され、高い技術が求められた浮世絵とは違って、大津絵は素人が一家総出でアットホームに仕上げたのだという。

「ほな、テキパキいくで、お兄さん！」

山田を指導しながら、キミ代は流れるような手つきで「鬼の念仏」の輪郭を、大胆な筆致でなぞっていく。あれよあれよという間に、法衣（ほうい）をまとう角の折れた鬼のキャラクターが現れた。「おー」とか「すごい！」といった歓声が聞こえてくる。

「みなさんもお気軽にどうぞ」

各グループの参加者たちは、手分けをして合羽摺、輪郭描き、その他の色塗り、といった工程に取り組んだ。互いにコミュニケーションをとりはじめると、部屋全体がいっそうの熱を帯びていく。意外だったのは子どもだけでなく、大人まで夢中になっていることだった。

「あら、お父さん、ずいぶんと集中してるやないの」

家族連れにキミ代が声をかけると、妻が茶化すように「この人、いつもはこんなに張り切らないんですよ。それなのに、今日は息子よりも積極的で」と言う。「程よく制約があるうえに、みんなで協力して進めていくから安心して楽しめるんですよ」と顔を赤くする夫は、何枚もの「猫と鼠（ねずみ）」を完成させていた。夢中になって大杯（おおさかずき）の酒を飲んでいる鼠に、猫が目を爛々（らんらん）とさせて肴（さかな）を差しだすという絵である。

「お酒はほどほどにっていう意味合いが気に入って、私が選んだんです」

妻は笑って言った。

そんな参加者たちを、又兵衛もニコニコしながら見守っていた。腕の怪我のせいで自身は制作できないが、大勢の人たちが代わりに描いている様子を、アドバイスを交えながら満足げに眺めている。

またキミ代にしても、講師としての才能が十分にあった。軽妙な語り口は場を盛り上げるのにうってつけだし、なにより大津絵の技術は健在だった。豪快なキャラクターそのままに、多少のミスも「適当でええねん」と笑い飛ばしてくれるので、参加者は自信を持って筆を進められるようだ。

そうしてイベントが終わる頃には、数え切れないほどの大津絵が完成したのだった。

山田は大津絵の醍醐味を、少しは体験できた気がしていた。

家族や友人が力を合わせて描いたのが大津絵であり、それらを買い求めたのもまた、家族や友人の幸せを願う人だった。こうして集まって楽しく描く場そのものも、大津絵の大切な要素なのだ。

参加者が自らの作品をお土産に持ち帰ったあと、スタッフで片づけをしていると、キミ代と笑いあっている又兵衛の姿を見かけた。

「キミちゃん、さすがやったなぁ。引退したなんて嘘とちゃうの」

「なんのなんの、昔から適当にやってたんがバレてもうたわ」

息の合ったやりとりを交わす二人は、関係も雪解けに向かっているようだった。

JR湖西線の車窓からは、夜の光にあふれた大津市の街並みが見えた。しだいに遠くなっていく琵琶湖を眺めながら、当たり前だが鉄道が完成するまで人々は東海道を足で行き来したのだよな、とはるか昔の苦労を改めて思う。骨の折れる大変な旅だからこそ、旅人は家庭的で心温まる大津絵の風合いにほっとしたのかもしれない。

車両はトンネルに入り、京都市内に入った。

ふととなりを見ると、円花がこの日のイベントを撮影した動画をスマホでいじっていた。

「よしっ、これでユーチューブにアップできた」

「え、もう?」

「鉄は熱いうちに打てって言うでしょ。こういうのは食材と同じで、鮮度が命なんだよね」

仕事が速い。円花を褒める一言をつい呑みこんでしまっていると、彼女はスマホの画面を見ながら「おっ、さっそくいい反響だね」と明るい声をあげた。山田も自分のスマホでサイトを覗く。いつのまに撮影したのか、キミ代の熟練の筆さばきだけでなく、参加者たちの楽しそうな表情が上手に捉えられていた。

「うまいね、君」と感嘆する。

「でしょ？　私ってデキる女だから」

「本当にデキる女は、自分でデキる女って言わないぞ」

悔しいので口先ではツッコんだが、山田はこれまでイベントの記録係を務めても、こんなふうに参加者の自然な表情を撮影できたことはほとんどなかった。なるほど、フォロワー数が多いのも肯けるし、楽しそうな場面を撮れるということは、やはり彼女が相手の心の垣根を取り払うのが上手い証拠だった。

「すぐアップするのはいいけど、これから記事にするのを忘れるなよ。あと、この人たちに許可はとっただろうな」

「もちろん、このご時世、当然じゃない」

いやはや、二回目とあってはもう認めざるをえない。

彼女は本物だ。本物の優秀な記者だ。初対面だった学芸員や大津絵師と短時間で信頼関係を築いただけでなく、ハプニングが起こっても冷静に対処した。おかげでピンチになったイベントも中止になるどころか大盛況だった。

なにより驚かされたのは、大津絵に関して人一倍調べていて、キミ代の存在もはじめから知っていたことである。彼女がその資料を持参したからこそ、今回の出張が無事に終わったとも言えた。

それもこれも、大衆が生みだし、大衆に愛された大津絵の神髄を、誰より理解していたからではないか。市民が思い思いの大津絵を描くというイベントを成功させれば、今でも大津絵は市民に愛され、必要とされることを証明できると円花ははじめから分かっていたわけだ。

そんな存在に光を当てることこそが、今回のみならず〈ジャポニスム謎調査〉という連載自体のねらいなのだろう。よく考えればそれはじつは新聞社の記者の大事な役割でもあるではないか。恐るべし、雨柳円花！

なんだか目の前にいる彼女の顔が、髭もじゃの鍾馗さんに見えてきたぞ。

「なるほど、よく分かったよ。君には脱帽だ」

腕組みして何度も深く肯く。

「なにが？」

スマホから顔をあげた円花に、山田は連載のねらいと記者という仕事の意義を確かめた。すると円花は話の途中で急に笑い出したので、心外極まりない。

「な、なにが面白いんだ」

「だって山田ってば一人で妄想を爆発させて、カッコつけてもっともらしい結論をほじくりだすんだもん。そういうの私、全然考えてなかったよ」

あっさり否定され、返す言葉がない。円花の考えていることがやっと分かったと思ったのに。しかしここで引き下がったら赤っ恥である。

「謙遜するなんて君らしくないじゃないか。今なら分かる。この出張に来る前から、ふらっとオフィスからいなくなっていたのだって、資料を集めてたからだろ。キミ代さんのコピー資料にだって、奥付けに国会図書館の蔵書スタンプが押してあったのがチラッと見えたぞ。君はキミ代さん以外の職人さんについても調べていたわけだ。自由人のふりをして大変な努力家じゃないか。君のことをコネ入社だって信じてる連中に言いふらしてやりたいくらいだよ」

「なになに、そんなにあたしのことを周りに認めさせたいの？　山田ってば、すっかり私に夢中だね。でも悪いけど、私って追われるよりも追いたいタイプだからさ」

対処の仕方がまるで分からなくなって、頭上から大きなタライが降ってきたような気分だった。円花は「どんまい」と山田の肩を叩いたあと、降りたった京都駅のキヨスクで売っていた〈筋肉もりもりスタミナ弁当〉を買うと、「ほら、これでも食べて、元気出してごらんなよ」と山田に手渡した。

「また勝手に……って、君の分は？」

「私は京都に泊まって、明日特別拝観中のお寺に行くの」

「おいおい、月曜からサボるのか！」

「ご心配なく、有給とってるから。ほな、さいならね〜」

呆気にとられる山田をよそに、円花は軽やかな足取りで、改札につづく階段を上っていく。手に持っていたスマホに視線を落とすと、円花がアップした動画はどんどん再生回数を伸ばしていた。

＊

日陽新聞東京本社から、徒歩で十分ほどのところにある〈さんまの味〉という大衆食堂は、夕方から深夜まで営業しているために、多くの社員が出入りする。山田は釣った魚をさばいてもらえるという理由で重宝しているが、他の社員ともよく仕事後に訪れる。

「おかげさまで〈たのしい大津絵〉展も、つぎの巡回先に向かってるよ」

乾杯を終えたあと、テーブルをはさんで向かいの席に腰を下ろした友実子は、そう言って頭を下げた。

「盛況だったみたいだね」

「入場者数はイベント後にだいぶ伸びたんだから、本当に助かったわよ。とくに地元で話題になったみたいだけど、一体なにをしたの」

ぼんやりと円花のことを考えていると、店のドアがガラッと開いた。現れたのは、なんと円花本人だった。彼女のことを考えすぎて、幻覚まで見えるようになったのだろうかとビビッていると、円花は店主に「こんちは！」と元気いっぱいに挨拶をしたあと、友実子の横にどかりと腰を下ろした。

「いや、俺はなにも……」

「今はじめたところだよね、乗り遅れなくてよかった」

「いやいや、自然に交じりすぎだろ」

「私が呼んだのよ。雨柳さんにもお礼がしたくて」

「え、そうなの？」

そうだよ、と円花は得意げに答える。「本当は山田抜きでもよかったんだけど、可哀想だから呼んであげたわけ」

「私はまだ雨柳さんを認めたわけじゃないけどね」

「友実子ちんってば、固いこと言わずにさ」

山田の混乱を察したらしく、友実子はこともなげに説明する。

「大津への出張に行ってもらってから、仲良くなったの。大津のお土産も美味しかったし」

「お土産？　大津で買う時間なんてなかっただろ」

「鮒寿司だよ。山田と食べたお店の、友実子ちゃんも気に入ってくれたんだ」

「ああ、あのときの！」

たしかにびわ湖浜大津駅近くの料理店で、円花は一人で食べきれないほどの鮒寿司を買っていたが、友実子へのお土産でもあったとは。好き嫌いの分かれる珍味を土産にするセンスはともかく、あの癖の強い風味を難なく美味しいと言う友実子に対しても円花に負けない強者（つわもの）かもしれないと内心讃美する。

「今回大津絵ってテーマがすんなり決まったのも、友実子ちゃんにつないでもらったおかげだからさ」

二人のあいだにはすでに女子同士特有の親密さが漂っていた。いつのまにか仲間外れにされた山田を励ますように、友実子は一通の手紙を取り出した。

「今日、滝上さんから手紙が転送されてきたの」

封筒には、首藤キミ代という差出人が書かれていた。なかには、大津絵十種のひとつである「瓢簞（ひょうたん）なまず」——水と魚のように切っても切れない友の関係を育てるという効能もあったはず——の肉筆イラストがついた便せんが入っている。達筆でびっしりとしたためられていた。

先日のイベントでは大変お世話になりました。

最初は私も意地を張りましたが、結果的に又兵衛さんとも和解でき、久しぶりに大津絵も描けて、楽しい時間になりました。

なにより後日、日陽新聞の連載記事で自分の技術やかつての大津絵師としての道のりに触れてもらったおかげで、これまで自分をケアハウスに厄介払いしていた息子夫婦の態度も優しくなり、定期的に面会にも来てくれるようになりました。

とはいえ私はケアハウスでの生活を気に入っているので、さらなる介護が必要にならない限り、ここから出ていくつもりはありません。先日は利用者やスタッフのために大津絵講座を開きました。最初は仕方なくやってみたわけですが、絶賛の嵐！　もっと教えてほしいってアンコールがうるさいのなんの。

家族だけでなく、ケアハウスのみんなも、やっと私の真価を理解してくれたというわけですが、きっかけをつくったのは日陽新聞社のお二人です。このケアハウスには若い人、とくにイケメンが少ないので、関西に来る機会があったら気軽に遊びにきてくださいね。

みもとに。

「本当によかったね。実演イベントも好評でまた企画中だっていうし、記事も頑張って書いた甲斐があったってもんだよ」

頑張って書いた甲斐があったって、今回も俺が大幅に書き直したことを忘れているのかいないのか。不服に思いながらも、キミ代の手紙を読み返し、嬉しそうな円花の顔を見ていると、どうでもよくなってしまった。

実際、円花の切り口で大津絵師たちの人生経験に焦点を当てた記事は、デスクだけでなく部長からも誉められたそうだし、読者からの反応も悪くなかった。記事の効果かは分からないが、巡回先のチケット予約数も増えた他、又兵衛の店もネット通販などで盛り上がっているらしい。

「で、つぎはどんな内容にするんだ、円花」

するとにやにやと笑いながら、円花はこちらを指さした。

「ん？　なんだよ」

「ついに円花って呼んだね」

しまった、と慌てて口元に両手をやる。

「今のは口が滑って――」

弁明を遮り、円花は「ふふん」と鼻を鳴らした。

「聞き流しはしないよ。何度言っても、君だのなんだのとよそよそしかったけど、ようやく呼んでくれたじゃないの。その調子で今後もよろしくね。なんだかつぎの出張も楽しみになってきたよ」

「あれ、山田くん、顔赤くない？」

友実子に鋭く問われ、即座に「酔うと顔が赤くなるタイプなんだよ」と言い訳する。

「雨柳さんが来るまでは、平然と飲んでたのに？」

「照れ屋なんだよ、山田はさ」

これは弱った。円花一人でもふり回されていたのに、今後は友実子とのコンビにも対応しなければならないなんて。

「おい、円花。言っとくけど、出張が目的じゃなくて、いい記事を書くことが一番大事なんだからな」

苦し紛れに話を変えると、「へーい」と軽い調子で答えてくる。

「へーいってなんだ、へーいって」

「うるさいなぁ。はい、それじゃ、山田のあだ名はジャ、ジャ、ジャマだだね」

こちらの返答を待たずに、「よし今日はもっと食べるぞ」と意気込んで、円花はカウンターの向こうにいる店主に本日のおすすめを訊ねた。

地下鉄の出口の前で二人と別れたあと、帰宅する前に久しぶりに海の方まで歩くことにした。酔い覚ましがいるほど飲んではいなかったが、新緑の風が心地よく、経験によると

この日は釣れるはずだからだ。

例によって、日陽新聞社裏の私有地でもある堤防に着くと、釣り糸を垂らす一人の高齢男性の背中があった。もしかして前回と同じ人だろうかと思っていると、高齢男性はこちらをふり返った。

「おや、あなたは先日私がオマツリさせてしまった方ですね？　あのときは申し訳ありませんでした」

礼儀正しく頭を下げられ、山田は恐縮する。

「いえ、気にしないで」

「奇遇ですね、また会うなんて……あれ、釣り道具は？」

「今日は散歩がてら、様子を見に立ち寄っただけでさ。近くで飲んでたから」

社内では年上にタメ語など絶対に使わない真面目な山田だが、釣り同好会の活動中や釣り場で出会った人に対しては、このように垣根のない接し方をする。意識しているわけではないが、釣り人同士という平和でゆるいつながりに、年功序列を持ちこむのはおかしな気がするのだ。

しばらく高齢男性の釣り姿を見ながら、こう助言する。

「おじいちゃんさ、前も思ったんだけど、投げ釣りするときに糸を離すタイミングがちょっと早いんじゃない？　もう少し溜めてから投げないと、前みたいに思いがけない方向に飛んでっちゃうよ」

若造に指摘された割に、老人は素直に「ほう、気をつけてみましょう」と言ってリールを巻くと、再度竿(さお)を海に向かって振った。

「おっ、いいじゃない」

「久しぶりだから、正直ずいぶんと腕がなまってるんです」

「そうなんだ？　たしかに使いこんでるね」と道具を見る。古さは否めないが、老舗メーカーの上等そうな代物ではないか。

「それこそ、あなたくらいの年頃では、毎週船釣りに行ってたんですよ。体力が衰えてからはご無沙汰でしたが、最近いろいろあってまた釣りがしたくなりましてね。一人でぼんやり魚を待ちながら考え事をする時間っていうのは格別ですな」

老人はなつかしそうに目を細めた。

「分かるよ、生きてればいろいろあるから。そんな時こそ釣りっていいよね」

「本当に。そうだ、お詫びの印といっちゃなんだけど、一本どうですか」

彼はベンチの脇に置いていたクーラーボックスから缶ビールを手にとって、山田に差しだした。飲んできたところではあるが、もう少し炭酸をゴクゴクやるのも悪くない。しばらく飲みながら、釣りトークを楽しむ。

「釣果(ちょうか)のほうはどう？」

「そうですね。今日はぼちぼちですよ」

前にも思ったが、やっぱり昔どこかで会った気がする。似ている俳優がいるからではないかと星野から言われたが、とくに黙ってこちらの話に耳を傾け、相槌(あいづち)を打つときの達観したような表情には既視感がある。「そろそろ帰ろうかな」と老人が片づけをはじめたタイミングで「あの」と切り出す。

「妙なこと訊くけど、僕たち、以前に会ってないかな」

老人はきょとんとした表情を浮かべた。「会ったって、どこで」

「それは思い出せないんだけど」

「そうですね。でもあり得るかもしれませんね」

老人は含みのある笑みを浮かべた。これまでも意識しないうちに釣り場で顔を合わせていただろうか。しかしそれ以上追及する前に、老人はこんな返答をした。

「お兄さん、ここで釣りしてるってことは、日陽新聞の社員さんですよね」

「はぁ、文化部の記者だけど」

すると彼は「ほう」と眉を上げた。

「それなら、雨柳円花っていう記者がいるでしょ」

その名前をこの場で聞くと思っていなかった山田は、慌てて訊ねる。

「知り合いなの？」

「どうでしょうね」

老人は愉快そうに一言答えただけで、片づけた釣り具とクーラーボックスを両手から提げると「じゃ、おやすみなさい」と表通りの方に去っていった。

第三回

漱石

SOUSEKI

「さきほどメールでお送りした案、読んでいただけましたでしょうか」

声をかけた山田に、深沢デスクは「読んだけども」と渋い表情を浮かべた。

梅雨入りを間近に控えた頃、山田がデスクに提出したのは、夏目漱石の写真に関する記事の案だった。きっかけは写真映像部にいる同期の星野から、数日前に聞いた興味深い話である。

都内の老舗写真館が閉店の際に倉庫を整理していたら、昔のガラス乾板を発見したという。ガラス乾板とは、明治大正期のカメラに使用された感光材料だ。平成初期まで一般的だった、巻き上げ式のフィルムよりも当然、古くからある。

さらにその写真館の店主は、かつての千円札にもなった夏目漱石の肖像写真を撮影した小川一真という写真家の、弟子筋に当たるらしい。一真が使用したガラス乾板を引きとっている経緯から、一真の遺品である可能性が高かった。

明治大正期を支えた写真家の、古の技術をよみがえらせたい。そう考えた専門家が現在、都内にある国立写真センターで復元作業を行なっている。その専門家は、星野の先輩に当たるとのことだった。

「漱石ゆかりの写真館というのは面白そうだが、その店主は小川一真の子孫じゃなくて、ただの弟子筋なわけだろう？　仮に当時のフィルムが残っていても、特別な写真という保証はないんだから、復元の結果を待ってなにがうつっているかが分かってから、取材の検討をすればいいんじゃないか」

「そうかもしれませんが」

窓の外に広がる、どんよりした雨雲に目をやった。通りを行きかう人は、傘をさしたり汗を拭(ぬぐ)ったりしている。

どうすれば説得できるだろう。今日は深沢デスクに難色を示されても、強く押し切ろうと決意していた。とるにたらない取材と決めつけて諦めるのでなく、直感の赴くままに行動してもいいのではないか。そう強く信じられるようになってきたのは、悔しいが円花の影響だった。

あの、と山田は外の風景から、深沢デスクに視線を戻して言う。

「写真にうつった内容はともかく、漱石と撮影者の関係性をたどるという趣旨で、古い写真をよみがえらせる技術を紹介することは、十分意義があると思うんです。実際、漱石の顔写真は誰もが知っているわけですし、とっつきやすいんじゃないでしょうか。それに、フィルムじゃなくてガラス乾板です！」

深沢デスクはこちらの顔をしげしげと眺めたあと、企画書をぽんと机上に置いた。

「分かった、そこまで言うのなら取材してくるといいよ。いいネタだったら、次回の〈ジャポニスム謎調査〉のテーマは、明治大正期のガラス乾板にしたらどうだ？　漱石の肖像写真ともうまく絡めれば、それなりに面白くなるだろうし」

「ありがとうございます」

「雨柳はどう思ってるのか知らんが、おまえのやる気に期待してるよ」

円花の名前を出されて、自席に戻りながら、山田は円花とコンビを組む前に、円花のような熱意が足りないと深沢デスクから言われたことを思い出す。あのときの自分を考えると、一度ダメ出しされた企画を諦めないなんて想像もつかなかった行動だった。


取材のスケジュールを立てていると、となりの席に円花が戻ってきた。

「おっつー、山田」

レジ袋から出したのは、きな粉のまぶされたわらび餅だった。「コンビニのってすっごく美味しいんだよ」と力説するが、山田が気になるのは味よりもパラパラと机に落ちるきな粉の方だった。あとでちゃんと掃除することを前提に落としまくっているのだろうか。

「あ、ひとつ食べる？」

「食べません。それより、つぎのテーマを探してきたぞ」

山田は深沢デスクとのやりとりを報告した。円花はあっという間にわらび餅を完食すると、「ご馳走様でした」と手を合わせてからパッパッと適当にはらっただけで、机は全然きれいになってないうえに粉が床にまで落ちてしまった。

「ガラス乾板か、いいじゃない。それに漱石って近代の文豪にしては、たくさん写真が残っているから、深掘りすると面白そう」

「……一面を飾れるスクープになるといいんだけどな」

きな粉のことは忘れて詳細を詰めようとすると、円花が眉を上げた。

「今回、急に奮い立ってない？」

「小杉部長に鼓舞されたばかりだからさ」

「へー、なんて言われたの？」

きょとんとしている円花に、「君も一緒に聞いてただろ」と呆れ果てる。

日陽新聞社が買収されるという噂は、思った以上に真実味を帯びはじめていた。昨日週に一度ひらかれる文化部内の定例会議で、各班の報告事項が終わったあと、小杉部長が神妙な面持ちで語りはじめたのである。

――文化部のみんなには、一面を飾れるようなスクープをとってきてほしい。

ただならぬ空気を察した山田は、横でうつらうつらしていた円花を思わず小突いたほどだった。

UuRLという企業に買収されそうで、経営陣がザワついているという星野の話は本当かもしれない。経済に特化したメディアの重要性を説いている彼らに買収されれば、文化部がこのままでいられるとも限らない。最悪の場合、解体されるという説もあるとか。

——君たちが頑張っているのは百も承知だが、今まで以上に文化部の存在感を示してほしい。

明言されたわけではないが、文化部がなくなってしまうことを考えると、山田は居ても立ってもいられなかった。円花との連載がはじまり、記者の仕事の面白さに気がつきはじめた矢先である。今は一層、豊かな社会には文化や芸術は欠かせない、と新聞を通して伝えたかった。

「君は文化部がなくなってもいいわけ」

「だって別にここじゃなくても、他にも文化に関することを取材発信できる職場はあるじゃない」

前にも言っていたが、天下の全国紙に就職できたことに執着しないなんて、と山田は改めて衝撃を受ける。小心者の自分としては必死に就活して、やっと射止めたこの仕事を手放すものかという気持ちでいるのに、やはり円花は只者(ただもの)ではない。

しかし納得がいかず、こう反論する。

「小杉部長のあんな顔を見て、なんとかしたいと思わないのか？　君に今回の連載を任せてくれたのだって、他でもない部長らしいのにさ」

円花はきょとんとし、当たり前のように答える。

「部長のことは好きだけど、そういう時代だもん。仕方ないよ」

ナチュラルに「好き」と言えるのは羨ましいが、愛社精神の欠片もないドライさに絶句する。

「君ってさ、空気を読んで集団のために我が身を捧げるとか、そういう発想がゼロなタイプだよな。たとえるなら、犠牲フライや送りバントを試みずに、フルスイングでホームランを狙っていく打者っていうかさ」

「伊勢海老フライ？　送りばんこ？」

大真面目にそう返す円花に、彼女にはスポーツたとえは通じないのだった、と思い出して疲れをおぼえる。伊勢海老はともかく、送りばんこって代わりばんこ的ななにかだと思ったのだろうか。

「それを言うなら、私だって山田はもっと杓子定規というか、頭が固くてつまらない人間だと思ってたよ」

「つまらないってなんだ、つまらないって！」

こちらが言い返すのを遮り、円花は人差し指を立てた。

「でも小杉部長のためを考えても、漱石ってネタは悪くないと思うよ。小杉部長ってもとは近代文学に耽溺していた文学少年だったらしいからさ。うちから刊行された『おそらくダイヤモンド』も担当してたんだって」

「あの伝説的ベストセラー小説を？」と耳を疑う。

「私って情報通でしょ」

「無駄に飲み会に行きまくってるわけじゃないんだな」

「そうだよ、ちゃんとネタを仕入れてるんだから」

社交にばかり時間を割（さ）いていることを皮肉ったのに、円花は素直に受けとめた。「ところで、次回のテーマを漱石にするのはいいとしても、せっかくやるなら秘められたストーリーを解き明かさないとね。誰もが当たり前に知っていると思い込んでいたものに潜む秘密を調査して、その新たな一面を届けることが連載のねらいだから。雄勝硯や大津絵もそうだったし」

＊

翌週、山田は円花とともに文京区にある件（くだん）の老舗、綿部（わたべ）写真館まで地下鉄で向かった。

例によって、円花は早めに会社を出発し、近辺のグルメを味わいたいという。しかしランチの時間とはズレている。代わりに彼女が選んだのは、最寄り駅の目の前にある甘味処だった。そう来たか、と山田は考えこむ。

「ランチならともかく、勤務中に甘味ってどうなんだ」

「全然いいでしょ！　脳を活性化させなくちゃ」

山田の苦言もどこ吹く風で、円花は元気いっぱいに店の戸を開けた。

一階は昔ながらの和菓子屋であり、木造の柱と土壁の風合いが歴史を感じさせる。二階の喫茶スペースへとつづく奥の階段をのぼると、何組かのカップルがお茶を楽しんでいた。円花は鼻唄まじりに、座布団の敷かれた奥のベンチに腰を下ろす。

「冷たい抹茶ぜんざいが美味しそうだけど、あんみつが名物らしいね」

きょろきょろと無遠慮に見回している。

「本当に君ってやつは、毎度毎度――」

小言をもらしかけた山田に、円花は手のひらを向けて制した。

「ここはね、漱石行きつけの甘味処ともされているわけ。今回のテーマは漱石の写真なんだから、漱石が愛したかもしれない味を確かめるのは、もちろん取材でしょ。なんせ、おしるこを食べすぎて盲腸になったって言われるくらいの甘党だし」

おしることと盲腸の因果関係は、どうやって証明できるのだろう。不可解だが自信たっぷりに言うからには、よく知られる逸話っぽいので触れないでおく。

「誰々の愛した味ってよく聞くけど、結局は集客のためのキャッチコピーに過ぎないんじゃないの？　なんせ漱石が通っていたのって今から百年以上も前のことだろ。味も変わってるに決まってるし」

「分かってないね、山田は。ネームバリューだけで営業してる店も多いけど、ここはグルメブロガーからの評価も高いし、漱石のことを調べれば調べるほど来てみたくなったお店なの。それに味に多少の変化はあっても、餡子がカスタードクリームに変わったわけじゃないんだから。たまには人を信じて、名物を味わってごらんなよ」

分かるようで分からない。

しかし言い返す隙も与えず、円花は店員に小倉白玉あんみつを二つ注文する。そして店員が置いていった湯呑みを手にとると、「おや、これは江戸時代の古伊万里（こいまり）じゃないの。漱石も使ったことがあったりして」と、嬉しそうに茶をすすりはじめた。

古伊万里だなんてよく分かるものだ。山田は黙って受け流しながら、どの特徴を見てそう判断したのか、気になってまじまじと湯呑みを鑑賞してしまう。だがよく考えれば、円花の言うことを無意識に信用しているではないかと、慌てて首を振った。

「そうそう、いいものを持ってきたんだ」

円花は山田の自問自答に気がつかぬ様子で「じゃじゃーん」と言って、紙きれをテーブルのうえに置いた。

「漱石の千円札じゃないか」

裏面に返すと、白抜きの中央部に向かって、翼を広げる二羽の鶴がデザインされている。野口英世に切り替わったとき、山田は十代であり、漱石のお札もそれなりに見慣れていた。しかし発行停止から十数年経った今では、お札というよりも骨董品にしか見えず新鮮な感覚だった。

お札になったのは、四十五歳のときの漱石の姿である。胃潰瘍で死去する四年前だった。作品でいえば『彼岸過迄』の連載が終わり、『こころ』を著す二年前。今日はこれを撮った小川一真という写真師——当時は写真家のことを写真師と呼んだ——の弟子が、初代店主を務めた写真館を取材させてもらう。

「一真本人もこれを撮ったときには、お札に使われるなんて思わなかっただろうな」

旧千円札を観察しながら呟くと、円花は「そうかな?」と首を傾げる。

「だって小川一真は、日本写真史の黎明期を支えた第一人者だったんだよ。自分の撮った文豪の姿が、将来いろんなところで使われる可能性も、ちょっとは念頭に置いていたんじゃないかな。漱石の生前からこの肖像写真は国民的アイコンだったわけだし」

「……それもそうか」

普段はどこかズレているくせに、時折鋭い指摘でこちらを唸らせる。

たしかに小川一真は、明治政府がもっとも信頼する写真師の一人だったといっても過言ではないだろう。

今の埼玉県行田市近辺にあたる忍藩の武士の子として生まれた一真は、藩主の支援を得て土木工学を勉強するなかで、写真という〝魔術〟の虜になった。まだ写真が普及していない一八八〇年代の明治期に、米国ボストンに渡ることに成功。そこでいち早くガラス乾板をはじめとする、最先端だった写真技術を習得した。

帰国後、東京に構えられた一真の写真館は方々で評判になり、名だたる人物が自らの姿を後世に残すべく出入りした。また一真は撮影者としてだけでなく、国産の撮影機材や感光材料の生産にも早くから力を入れた。

「それにしても、旧千円札のデザインって写真の肝心なところが見えにくいよね」

円花はお札を手にとり、しげしげと眺める。

「左腕の喪章のことだな」

「その通り！　当時の漱石の心境を表す、とても大事なヒントなのに切れちゃってるんだよ」

盛りあがってきたところで、店員が「あんみつです」と運んできたので、ひとまず会話を中断させた。

涼しげな切子のガラス器に、自家製の小倉アイスがこんもりと丸く盛られている。まわりには、ほんのり湯気立つつややかな白玉、抹茶色の求肥、杏やミカン、さくらんぼ、ふっくらした餡子がいろどりを添えて宝石箱のようだ。

贅沢にも、そのうえに黒蜜をたっぷりとかけてから、山田はごくりと喉を鳴らした。まずはスプーンで、アイスと白玉、そして餡子をすくう。口に入れると、冷たさと温もりが絶妙にほどけた。

一口食べるだけで、しゃきりと目が覚めるほどに甘く、外の蒸し暑さや慌ただしい日常の疲れが吹き飛ぶ。

それにただ甘いだけではなく、お膳に添えられた塩昆布が、小休止となってスプーンをさらに進ませる。甘いものから塩辛いもの、そして温かいほうじ茶へ。気がつくと幸せのループができあがっていた。

なんといっても、やわらかくて素朴な味わいの餡子が、すべての点数を引きあげてくれている。白玉だけでなく、フルーツの爽やかな酸味ともぴったり合うので、主役にも名脇役にもなれる優秀さだった。

「こりゃ、やっぱり漱石も夢中になったに違いないね。それにしても山田も甘党なんじゃない。これで写真館にもベストな状態で行けるね」

満面の笑みで、円花は断言した。

ベストなのかねと疑問に思いながら、自身の足取りもどこか軽くなっていた。それにしても円花は、さきほど披露した旧千円札を、なぜ持ち歩いているのだろう。まさか「じゃじゃーん」をやりたいがためだけに持ってきたのか、またもや謎である。

地下鉄の出口から徒歩十分ほどの古い商店街に、綿部写真館はあった。

綿部写真館とは、一真の弟子だった綿部弥彦（やひこ）の店であり、今はその孫が継いでいる。明治期からつづく写真館なので、文化財にでも指定されていそうな、いかにもなイメージを勝手に膨らませていたが、実際に訪れてみると現代の街並みに溶け込んでいた。ただしよく見ると、レトロな字体の看板やショーウィンドウに飾られた家族写真は、けっこうな時代を感じさせる。撮影されてしばらく経つらしく、セピアがかって味わいがあった。

「こんにちは」と円花はガラス戸を開ける。

あちこちに段ボールが積まれ、棚は布で覆われていた。片付けの真っ最中らしい。しかし名残（なごり）を惜しむように、この店に訪れたお客さんたちの写真は、店内のあちこちに飾られたままになっていて、多くはショーウィンドウの家族写真よりも真新しい。

スタジオだった広々とした空間には、素人には使い方さえ分からない古い機材が揃えられていた。

店内を見回していると、初老の男性が奥から現れた。

「新聞社の方ですね？　綿部和夫（かずお）です」

綿部弥彦の孫でこの写真館の三代目に当たる和夫は、店主を引退することにしたと聞いている。店を継ぐ者はおらず、交渉を持ちかけられていた不動産会社に土地ごと売ることにしたという事前情報だった。

閉店するのは残念だと伝えると、和夫は肯いた。

「スマホや一眼レフが普及したんだから、写真館まで撮りにくる物好きは減っているだろうと揶揄されたこともありますが、意外といらっしゃるんですよ。逆に、わざわざ遠方から来てくださる方や、あえて昔の技術で撮影してほしいという方もいてね」

「そりゃそうですよ」古い機材に関心を示していた円花が、語気を強めて言う。「プロの技は全然違いますからね。しかも百年以上もつづくお店での記念写真だなんて、私も撮っていただきたかったくらいです」

円花は和夫に断ってから、店内を取材用カメラで撮影する。

多くの人が自分や大切な誰かの、そのときだけの姿を一生の宝物にするために、この店を訪れたのだろう。そう想像すると写真館ならではの、レンズを向けられると背筋が伸びるような緊張感と仕上がりへの期待感を、客でもないのに追体験してしまう。

「小川一真氏は、麴町(こうじまち)に写真館をオープンしたそうです。その死後、店は惜しくも閉じられましたが、一真の弟子だった私の祖父が、機材やガラス乾板を引きとり、ここで新しく綿部写真館をはじめたという経緯です」

「今回発見されたのは、その一部ですか？」

「ええ、梱包材に記された覚書からして、一真が使用したもので間違いないでしょう」

「なるほど……お宝が眠っていそうな気配がありますね」

円花は言いながら、周囲を見回す。

店のあちこちに物珍しい置物や絵が飾られていた。

「一真は美術品を集めに歩くのが趣味だったという話です。作家モノだけじゃなくて、伝統的なお土産とかね。祖父の弥彦は一真とともに全国の寺院を巡って、それらの撮影を手伝っていたので、いくつかもらい受けていたようです。蔵にもまだ残っているので、あとでご覧になりますか」

「ぜひ。その前に一真の写真集も拝見できるとか？」と山田は確認する。

「そうでしたね」

和夫が見せてくれたのは、十巻ほどある分厚い写真集だった。明治期に小川一真が刊行した宝物調査の記録だという。多くの寺院で秘蔵されていた絵画、彫刻、工芸、古文書（こもんじょ）などがドラマチックな光の演出のなかで撮られている。

一真は漱石の肖像写真だけでなく、当時の宮内省の命で全国の美術品を撮影するプロジェクトを手掛けたことでも知られる。

近代の幕開けと同時に、西洋化の波に押され、日本古来の文化は失われつつあった。それらを撮影した一真の写真は、ただの保存記録という役割を超えて、貴重な宝物を目にする機会のなかった人々の心を動かしたという。

山田はメモを構え、準備していた質問をする。

「お訊ねしたいのですが、小川一真は、旧千円札に使用された写真を撮る前に、若い頃の漱石も撮っているんですよね？　つまり、漱石の写真を二度にわたって撮影した、という認識で正しいでしょうか」

「その通りです。二人の出会いは、漱石が帝国大学に通っていた明治二十五年だったそうですね。そのときに一真は、学生服姿の漱石を撮影しました」

　ここに来る前、山田は漱石の写真をほとんどすべて目に焼きつけてきた。帝大生になる四年前に撮られた東京大学予備門時代の集合写真では、だらしなく和服の衿をくつろげている一方で、小川一真が撮った帝大時代の漱石は、詰襟(つめえり)を正しく着こなして別人のように凜々(りり)しかった。

「二人はどういう経緯で出会ったんです？」

　ちょっとお待ちくださいね、と断って和夫は本棚からファイルを数冊出した。めくっているのを覗くと古い写真も挟まれており、取材対応用らしい。和夫が出したのは一枚のツーショット写真である。

　両方の人物とも正装に身を包んでいる。右側で椅子に腰を下ろしているのは、眼鏡をかけて白髪に口ひげを生やした小川一真だろう。

「聞いた話によりますと、一真のとなりに立っている丸木利陽(まるきりよう)という人物が、一真に漱石を紹介したのだそうです」

「丸木利陽ってたしか、明治大正期の代表的な写真師ですよね」

「よくご存じで」

記憶に残っているのは『坊っちゃん』の作中に名前が出ていたからだ。しかも釣りのシーンだったので余計に印象的だった。赤シャツから坊っちゃんが釣りに誘われ、〈ゴルキ〉という架空の魚を釣りあげる場面でこんな記述がある。

〈ゴルキが露西亜の文学者で、丸木が芝の写真師で、米のなる木が命の親だらう。〉

十代の頃に読んだときは、丸木や芝って木材や芝生のことか、しかも米のなる木ってなんだろうと意味が分からなかった。でも今回調べると、丸木は人物名、芝は東京タワー近くの地名であり、米のなる木はただの韻を踏んでいるだけだと判明した。

「丸木は一真の先輩にあたります。そうそう、漱石に替わる前の旧千円札の、伊藤博文を撮った写真師が、まさに丸木なんですよ」

「なんと、すごい共通点ですね」

そこまで調べていなかった山田は、バラバラだった点が線になる感覚をおぼえる。

「二人とも手がけた肖像写真が紙幣に採用されたわけですからね。明治天皇や大正天皇の御真影（ごしんえい）も、二人が手がけたそうです。一真が学生時代の漱石を撮る一年前に、丸木は富士山を登りに出かける前の漱石のことも撮影しているんですよ。それだけじゃなく、漱石の親友だった正岡子規（まさおかしき）や、漱石の妻になった鏡子（きょうこ）の見合い写真も手がけました」

山田はペンを走らせながら、漱石やその周囲にいた人々を撮っていたのは一真だけではないのだな、と思い込みを打ち破られた。

「丸木は同じく腕の立つ写真師だった一真を、漱石に紹介したようです。漱石は一真のことを信頼したらしく、それ以来たまに連絡を取りあう仲になりました。そして二十年後に、この喪章をつけた有名な四枚を生みだしたのです」

和夫はファイルから四枚の写真を取り出し、テーブルのうえに並べた。

一枚目は、千円札に採用されたもので、カメラ目線である。

二枚目は、右手をこめかみに添え、物思いにふけるポーズをとりながら、斜め下を見ている。

三枚目は、右手をひじ掛けに置き、目を伏せている。わけても憂鬱そうだ。

四枚目は、漱石の単独ではなく、二人の友人と並んでいる。和夫の話によると、友人は南満州鉄道会社のお偉いさん方らしい。各々ポーズをとっているが、〝考える人〟のような漱石はとくに芝居がかっている。

いずれも左腕に、黒い喪章をつけていた。

旧千円札のデザインでは、トリミングされている部分である。

「これら四枚はすべて、明治天皇が崩御した年に撮られました。大正元年、つまり一九一二年のなかでも、大喪の礼があった九月です。ただし、残された書簡や漱石の世話役の証言から、友人と撮影した一枚は九月十二日に、その他一人だけで納まった三枚は九月十九日に撮られたと言われています」

「えっ、違う日付なんですか」

山田は円花と顔を見合わせた。

和夫いわく、群像写真に参加した他の二人が漱石と会ったという記録は、九月十二日になっている。一方、千円札になった写真の印画紙には、九月十九日に撮影されたという旨が漱石の世話役によって裏書きされているという。

円花は構えていたカメラを首から下げると、腕組みをした。

「どうして漱石は、わざわざ二度も小川写真館を訪れたんでしょう。しかも大きな節目のタイミングで、小説内に登場させた丸木写真師でなく、他でもない一真にお願いしたのには、なにか理由があったんでしょうか」

同じ疑問を、山田も抱いていた。

明治天皇の大喪の礼が行なわれたのは、九月十三日から三日間。お札になったものを含む、漱石単独の写真三枚が撮られたのは、四日後の九月十九日だった。しかもその日付は、渡英中の一九〇二年に訃報(ふほう)を聞いた正岡子規の命日にも当たる。

さまざまな事情が重なったこの時期、小川写真館を一週間で二度訪れたのには、明治天皇や子規への弔意(ちょうい)以外にも、なにか特別な理由がありそうだ。しばらく考え込んでいた和夫が、閃いたように言う。

「じつは一真から弥彦へ送られた手紙も、ガラス乾板と一緒に見つかって、国立写真センターに引きとってもらったんですよ。というのも、そのガラス乾板は不運にも割れてしまっていたんです。センターでは一真の写真をたくさん所蔵している経緯もあって、担当の方は当時のことに詳しいですし、そちらを取材されてはどうでしょう」

「ちょうどこれから訪問するので、手紙について訊いてみます」

やる気に燃えていると、円花がじろじろと見てきた。なにかおかしかったかと訊ねても、「なんでもなーい」とはぐらかされるだけだった。そして円花は、和夫から見せてもらった資料を閉じて、改まった様子で訊ねる。

「一真が漱石の肖像を撮ったのは、確認できる限り、生涯で五枚ということですが、それ以外にも撮っていた可能性はありませんか」

「その質問は、国立写真センターの方からもされました。もちろん、撮影していたと思います。でも残念ながら修復中のガラス乾板を含めても、現存はしないでしょう。もし漱石がうつったガラス乾板を受け継いでいれば、弥彦や父が知らないはずありませんから」

山田は落胆したが、それでも漱石と一真の関係には、掘り下げるべきなにかがあるという確信は変わらない。

「ところで、さきほどガラス乾板があった蔵には、美術品もたくさんあるとおっしゃっていましたが、少しだけ拝見できますか」と円花が訊ねる。

「いいですよ、散らかっていますが」

よほど興味があったのか、「ありがとうございます」という声は弾んでいた。

草木の茂る裏庭を突っ切ると、蔦に覆われた土蔵が現れた。ジメジメして汗ばむ夏日だったが、なかに入ると静かで乾いた空気に包まれる。一応確認してみたが、エアコンの類は見当たらない。

「立派な蔵ですね。上にのぼってもいいですか」

和夫から承諾を得ると、円花は使い込まれた木の梯子をのぼって、ロフトのようになった二階に移動する。「あれ、山田は来ないの？　こんな古くて大きな蔵はそう見せてもらえないよ」と上から呼ばれるが、一階にいる和夫に気を遣ったのと、二階が二人分の体重に耐えられるのかも分からないので断った。

蔵には、大小の桐箱や段ボールが所せましと置かれ、すべてを開梱するのは、かなり大変そうだった。訊けば和夫は途方に暮れてしまい、先祖に申し訳ないと感じつつも業者に一括で引き取ってもらうという。

和夫の話を聞いていると、頭上から円花の声がする。

「あの、明の時代につくられたっぽい色合いの青磁があるんですけど、私に売っていただけないでしょうか」

コラッ、なに言ってるんだ！　取材と関係ないじゃないか。

大慌てでフォローを考える山田のとなりで、和夫はにこやかに言う。

「ああ、いいですよ」

え、いいの？

「じゃあ、この弥生土器も」

まったく、どこまでも厚かましいやつだ。

しかし山田の焦りを気にもかけず、円花は「本当に素晴らしいものばかりですね。この誕生仏なんか、飛鳥時代のじゃないですか？　さすが、杏仁形のかわいい目をしてるぅ」とはしゃいでいる。おいおい、取材先でうんちくを披露するなよと呆れるが、和夫は真剣な顔で聞き入っていた。

「雨柳さんのお話を聞いていたら、急に手放すのが惜しくなってきたな。せっかくだし鑑定でもしてもらおうかな」

「喜んで」

できないだろ、というツッコミは呑み込み、和気あいあいと打ち解けはじめた二人の傍らで、山田はふと額装された一枚の絵に目を留める。なんとも素朴な水墨画だった。裸で放置されているが、暗闇にあるおかげか劣化や退色を免れているようだ。

興味を惹かれたのは、一匹の魚が描かれていたからだ。釣り好きとして、魚類を見れば自動的に種類を推定してしまう。スズキに似ているけれど、少し違う。おちょぼ口で細かい模様を持っている。

それにしても貧弱というか、哀愁を帯びた描かれ方だ。素人の落書きと言われれば、素直にそう受け止めるだろう。けれども山田は、その一枚になぜか心惹かれた。他の名品然とした絵よりも、よほど身近で好印象を抱く。

「あれも一真のコレクションですか」

「え、どれ？」

和夫ははじめてその絵の存在に気がついたとでもいうように、しげしげとその絵を見つめた。

「分からないですね。一応、額の裏には『昭和四年』と手書きされていますけど、どこの誰が描いたのやら……こういう作品ばかりなんですよ。祖父は戦前に亡くなったので、父もあまり確認できなかったようです」

そこまで話したとき、和夫の携帯が鳴った。

束の間、和夫が店に戻った隙をついて、いつのまにか梯子を下りた円花が小声で囁く。

「山田ってば、しょぼい絵に目をつけるね」

「し、失礼だろ！」

たしかに自分でも簡単に描けそうだとは思ったけれど。

昭和四年つまり一九二九年といえば、とっくに漱石は亡くなっているが、大恐慌が起こって世界がふたたび戦争に向かっていく時代だ。それほど古いものを扱ったことのない山田は、少し緊張しながら傷をつけないようにそっと元に戻した。

しばらくして蔵に戻ってきた和夫は、「すみません、業者さんから早速電話があって」と頭を下げた。

「売却はいつなさるんです？」と円花は訊ねる。

「なるべく早くにお願いしています。引きとってもらえないものは、思い切って処分する予定です」

「そうですか」と山田はしんみりする。

いかにも市場価値のなさそうな謎の魚が描かれた水彩画と、買収の危機にあって解体が危ぶまれる日陽新聞文化部とが、頭のなかで重なったのである。見れば見るほど切なくなる。頑張れよ、スズキの絵。そんなに悪い出来映えじゃないと思うぞ。

和夫に許可をもらい記念としてスマホで絵を撮影したあと、蔵の見学を終えた。

今回発見されたガラス乾板を修復している国立写真センターは、渋谷区の住宅街にあった。比較的空いた地下鉄の車中で、山田は円花と並んで座り、分かったことと分からないことを整理する。

「まず小川一真は大正元年、千円札になった写真の他に三枚も撮影していた。いずれも明治天皇が崩御した直後で、左腕に喪章をつけている。服装も髪型もほとんど同じ。けれども謎なのは、なぜか三人でうつった群像写真と一人きりの肖像写真には一週間の開きがあったということ」

　そのあいだの一週間を整理すると、こうだった。

　九月十二日、漱石は二人の友人とともに、避暑に訪れていた鎌倉から東京に戻った後、その足で小川写真館を訪れて三人で記念写真を撮影した。

　十三日から十五日にかけて、明治天皇の大喪の礼が執り行なわれ、一真は皇室関係の撮影に追われて写真館を臨時休業にする。

　十六日、多忙のうちに撮影を終えた一真は、大喪の礼の写真を整理。

　十九日、小川写真館をふたたび訪れた漱石が、今度は一人で撮影することに。そのときも喪章をつけているが、前回の群像写真に比べれば顔をアップにした胸像で、出来映えも優れていた。とくに旧千円札に使われた写真には威厳が宿り、撮られることに積極的に臨んでいるようにもうつる。

「つまり、大喪の礼の直前にも複数人で写真を撮っていたのに、なんらかの事情があってたった数日後にまた写真館に行き、改めて撮影をお願いしたわけだ」

「……まさか、乃木大将が理由？」

考え込んでいた円花が、ぽつりと呟いた。

「乃木大将ってたしか――」

「そう、明治天皇の大喪の礼があった九月十三日の夜に、奥方とともに殉死したんだよ」

思いがけない指摘だったが、たしかに激動の一週間のなかでも、乃木大将の殉死は大事件だったとされる。棺を運ぶ轜車が青山の斎場に向かった合図の弔砲とともに、乃木大将は殉死した。鎮魂のために乃木神社が建てられ、乃木邸のあった坂は乃木坂と呼ばれるようにもなった。

「乃木大将の殉死には多くの人が心を動かされて、森鷗外は歴史小説を多く書くようになったとされているし、芥川龍之介だってこのエピソードをN将軍の小説にしているんだから」

「ということは、漱石は乃木大将の死をきっかけに、なにか思うところがあって、写真を撮り直したということか？　というより、自分だけの正式な肖像写真を残しておきたくなったとも言うべきか」

「その可能性は高いよ。だって今まで旧千円札になった威厳ある一枚にばかり注目していたけど、同時に撮られた他の二枚の方は、めちゃくちゃ物憂い表情と仕草をしてるじゃない。その二枚の方こそが、当時の心境を反映してるのかも」

たしかに有名な『こころ』にも、乃木大将がくり返し登場していた。さっそくスマホで電子版を確認すると、後半にあたる「先生と遺書」の一番のクライマックスで、大喪の礼の弔砲を聞いたことや、乃木大将の殉死について多くの行数が割かれていた。なにより作中の先生も自ら死を選ぶ。

じつは旧千円札の一枚ではなく、物憂い二枚の写真の方こそが、明治天皇崩御からつづく乃木の事件に大いに影響されているとすれば――。

山田は改めてスマホに保存してあった二枚の画像を観察する。

洋装に喪章をつけた文豪は、髪の毛や布地まで克明なピントと、鼻筋を中心軸にした完璧な構図で捉えられている。この人はなにを考えているのだろう、と見る側の想像を膨らませる一方で、わざとらしすぎない絶妙な表情が切りとられている。しかも光の当て方も素晴らしい。まさしく一真の腕前の賜物だろう。写真作品として優れているからこそ、いまだに人々の記憶に刻まれているのだ。

「やっぱり、思っていた通りだね」と円花は意味深なことを言う。

「思っていた通り？」

「写真ってさ、いい撮影者であるほど、予想もしなかった無意識がうつりこんでしまうものだと思わない？　ときには、被写体も隠そうとしていたような深層心理まで明らかにしてくれるというか。だから写真から歴史を辿るっていう行為は、面白くもあり怖くもあるんだろうね。撮影者が被写体に寄せる思いが、つい滲みでてしまうなんてことも身に憶えがあるでしょ」

「それは、そうかもな」

被写体との関係性が違えば、カメラに向ける表情も変わって当然だ。それと同じで、初対面であっても間合いによって出来映えは大きく変化する。これまで円花が撮った写真がどれも魅力的だったのは、作品や人の本質に目を向けているからだった。

「手記や絵だと記録者にとって大事じゃないところはカットされるけど、写真は目の前にあるものを機械的にうつしちゃうからね。もちろん、時代が下がるほど合成の技術も高くなるけど、今回のガラス乾板はずっと蔵に眠っていたわけだし期待できるよ」

「同感だ」

現実の出来事が漱石という作家に与えた影響を、作品ではなく写真から辿れば、今までにない記事になりそうだ。静かな興奮をおぼえながら頭で構成を組み立てていると、円花と目が合う。

「なに?」

「餡子のおかげかな、珍しく頼りになるじゃない」

珍しくって。今日も失礼なやつだと思いながらも、つい上機嫌になる。

「俺だって、そろそろ結果を出さなくちゃと思ってるんだよ。どうすれば文化部をめぐる不安な状況を打開できるのか。まずは自分が頑張らなくちゃいけないだろ。空気を読んでばっかりじゃなくてさ」

はっと真剣な表情を浮かべた円花が、思わずといった感じに「山田」と呟く。やっと先輩らしいことを言ってやれた、と山田はますます得意になり、胸の高鳴りを自覚しながらも円花の視線を受け止める。

「というより、どの駅で降りるんだっけ」

「あ……もう過ぎてる」

「もうっ、頼りになるんだかならないんだか」

「君だって忘れてただろっ」

山田は頭を抱えた。だからじっと見つめてきたのか。


国立写真センターは坂道になったオフィス街の一角にあった。歴史的価値のある写真を収集、保存するために十年ほど前に設立された施設である。受付で声をかけると、作業室に案内された。

窓が広くとられた開放感のある部屋には、壁越しに機材が並んでいる。なかには「取扱注意」とか「立入禁止」といった貼り紙もあり、実験室を連想させた。何人かのスタッフがそれぞれ作業をしている。

「お待ちしてました」

磨りガラスで隔てられたスペースから、丸眼鏡をかけた同世代の男性が顔を出した。眼鏡のデザインも分厚さもこの日の自分のものと似ているので、山田は勝手に親近感を抱く。名刺を交換すると、「新村博之（にいむらひろゆき）　国立写真センター研究員」と記されていた。

「星野くんとは同期なんですね」

「はい、大学の頃からの友人で」

星野から、この新村という写真研究者は相当なマニアだと聞いている。シャッター音でカメラの機種を判別したり、紙焼きの色や風合い（ふうあい）でフィルムや印画紙のブランドを見抜いたりできるとか。そんな新村は、山田たちを応接用らしき磨りガラスで仕切られたスペースに案内した。

「漱石と一真の関係について調査していらっしゃるそうですね。これは綿部写真館さんから提供いただいた手紙を、私の方で読みやすくしたものです。未発表の資料ですが、特別にお持ち帰りください」

礼を伝えると、新村は真剣な顔になった。

「古いフィルムやガラス乾板は、まだ国内にたくさん眠っているんです。明治大正期から現存するものは、とくに歴史的価値が高くなっています。それなのに、今回割れて発見された一真のガラス乾板のように、多くが劣悪な状況に置かれたまま、誰の目にも触れずに朽ちようとしていて。価値を正しく理解してもらうためにも、ぜひ記事にしてください」

「こちらこそ、取材させてくださって助かります」と山田は頭を下げる。

「お二人には優先的に協力したいと思っていますから。いえね、じつは他社の記者の方にもお知らせしたんです。しかし今回発見された乾板に、なにがうつっていたのか分かったら詳しく取材させてほしいなどと虫のいい返答をされて、がっかりしていたんですよ。正体が分かるまでの過程がスリリングなのにね。ここだけの話、絶対になにかがうつっていると私は確信しているんですよ」

「なにか？」と思わずメモを片手に前のめりになってしまう。

「明治大正の歴史を今も目に見えるかたちで学べるのは、小川一真をはじめ当時の写真師たちのおかげです。一般的な知名度は低くても、この国をこの国たらしめた陰の功労者がうつした写真ですから、思いもしないような新発見があるに決まっています」

　新村の熱弁を聞いて、山田は自分が追いかけているネタを肯定されたようで、意気込みを新たにした。

　社に戻ると、まずは漱石の肖像写真を改めて時代順に並べた。一真が撮ったものも含めれば、生涯のあいだに何十枚という数が撮影されている。斜め左側からのアングルが多いのは、鼻の右側に顕著な天然痘の跡を気にしたからだとか。

「いろいろ調べてから見ると、若い頃と比べて小川一真が撮影した大正元年の漱石は、息遣いまで聞こえてきそうな迫真性があるね。でもこうして並べれば、私は個人的にこの写真も好きだな」

円花が指した一枚は、晩年の書斎、早稲田の「漱石山房」で撮られていた。

壁一面の書棚には、書物がびっしりと収納され、仕舞いきれない分は絨毯の模様がほとんど隠れるほどに、多数の山になって平置きされている。その手前にある火鉢では鉄瓶が置かれ、傍らには紫檀の文机がある。文机には硯や筆立ての他、開かれた本があって、腰を下ろした漱石がこちらを見ている。喪章の漱石に比べて、親しみやすい姿だ。

「千円札になった写真を境にして、カメラとの向き合い方が変わったようにも見えないかな。明治期までは証明写真っぽくて表情も固いけど、大正元年以降に撮られたものはどれも文豪然と堂々としていたり、素顔でくつろいでいたり、漱石像のバリエーションが増えてるというか」

「そうだね。時代を経るにつれて、写真の受容のされ方が社会的に変わってきたせいでもあるんだと思う。明治期は今みたいにスナップ写真を撮る習慣がなかったのが、大正期になって少しずつ普及して、うつされる方の心構えも変わったんじゃないかな」

円花の意見に、山田は肯いた。

「今回見つかったガラス乾板に、破顔一笑した漱石でもうつっていたら、それこそ大スクープなんだけどな。『吾輩は猫である』のモデルになった福猫や『硝子戸の中』に登場する飼い犬のヘクトーをニヤつきながら撫でてたりさ」

「ニヤついているといえば、たしか『硝子戸の中』を読んでいたら、笑顔を撮られるのは好きじゃなさそうな感じがしたよ」

円花いわく、一九一五年という最晩年の随筆『硝子戸の中』に、こんなエピソードが登場する。

とある雑誌社が漱石の写真を撮りたいと依頼してくるが、人物がわざとらしく笑っている写真ばかりを掲載している。はじめは撮影を断ったものの、卯年の正月号だから卯年生まれの漱石の写真が欲しいというので、笑わないことを条件に引き受けた。

すると書斎にやってきた写真師は、案の定、笑ってくださいと注文してくる。それに対して漱石は、馬鹿なことを言う男だと最後まで取りあわない。押し問答があったものの結局、本人いわく「気味のよくない苦笑を洩らしている」写真が後日送られてきた。

「その写真師に比べれば、小川一真が撮ったものは漱石の好みにずいぶんと近かったんだろうな。偽りやつくり笑いを嫌う漱石の本音のところが、一真の写真にはうつっている感じがするし」

山田はそこまで話すと、写真を脇に置いて新村から受けとった資料のコピーをテーブルのうえに出した。「小川一真から綿部弥彦に宛てた手紙」という題名がつけられ、一真本人による文章がつづいていた。

＊

昭和四年　弥彦へ

私の遺品を預かってもらう君に、伝えておくべきことがあります。漱石さんの肖像写真を撮った頃の話です。あのとき君は、まだ小川写真館で働いていませんでしたね。漱石さんがなにを語り、私をどんな気持ちにさせたのか。

とても静かな夏でした。七月に明治天皇が崩御して、日本全土が喪に服していたからです。両国の花火大会を筆頭に、人々はあらゆる行事を自粛していました。日射しにじりじりと焼かれながら、ずっと夜がつづいているような、奇妙な夏だったことを憶えています。

季節だけが先に進んでいくように感じられた九月十九日の夕刻。漱石さんがとつぜん一人で、小川写真館を訪ねてきました。私は驚いて「なにか忘れものですか」と訊ねました。というのも、ほんの一週間前に漱石さんはご友人二人と、うちで写真を撮っていったばかりだったからです。

そうではないことを答えた漱石さんは、ずいぶんと暗い表情をしていました。もちろん、大喪の礼が執り行なわれた直後なので、明るい顔をしている方が不謹慎と責められます。それでも、急な来店に只ならぬ事情を察した私は、彼を迎え入れました。

「お忙しいところ、突然すみません」

「いえいえ」

そう答えながらも、実際、数日にわたって皇室行事を撮影していた私は、目が回るような忙しさでした。宮中の関係者がひっきりなしに写真館を出入りし、機材を持ってあちこちに赴かねばなりません。店もほぼ留守にしていたので、漱石さんの来店時に居合わせられたのは幸運でした。

「一真さん、じつはあなたに折り入って、お願いしたいことがあります。私の遺影を撮っていただけませんか」

言葉を失った私に、漱石さんは表情をやわらげ、こうつづけました。

「すみません、遺影となるような写真、という意味です。私はこれまで数多くの写真師と会ってきましたが、自分の姿だと胸をはって答えられる写真は、いまだに一枚もありません。見るたびに、これは本当に自分なのだろうかという違和感があったのです」

漱石さんの語りは淡々としていましたが、切実な響きがありました。

「私は文筆を生業にしていますが、一冊の小説に比べれば、写真はすぐに伝わる表現手段だと感じています。一枚の写真が、百の言葉以上のものを物語ることは多々ある、と。だから納得のいく一枚を、死ぬまでに遺したいのです」

漱石さんにとって写真は、作品と同等の重要性を持っているようでした。

「ということは今お身体の具合が悪いとか、そういうことではないのですね。安心しました。でもどうして私に？」

「一真さんとは長い付き合いですし、先日あなたの写真集を見て、この人ならと確信したのです」

その写真集とは、私が約十年の年月をかけて参加した、宝物調査の図版でした。全国の社寺が所有する宝物は、明治維新のあと、処分されたり輸出されたりして、急速に失われつつあります。私たち写真師にとって、それらを後世に伝えることは急務でした。

「あれを見たとき、近い将来人々は実物を見に行かなくても、写真を介してさまざまなことを知る世界になるのだろうと感動しました。たとえば身体の自由がきかない人も時間やお金のない人も、平等に遠い異国の景色を楽しめる素晴らしい未来の予感を、あなたの写真から受けとったのです」

思いがけない賞賛が胸に沁みました。

写真はただうつすだけではなく、いずれ科学や情報に革新をもたらす——私は長年、世にそう訴えてきました。来たるべき時代に備えて、機材や感光材料を国産で賄(まかな)えるようにすることが、個人の夢を超えた国益につながると確信していたのです。しかし現状はいまだ輸入品に頼らねばならず、私の工房は費用がかさんで経営不振に陥っています。

そのことを伝えると、漱石さんは頭を振りました。

「新しい価値を持つものほど理解されるのに時間がかかります。一真さんの撮ったものは、何十年も何百年も残ると思いますよ。私の作品などよりきっとね。下手な絵を見るよりも、あなたの写真を見る方が、よほど勉強になりますから」

親しみの込もった彼の笑みを見て、漱石さんは美術好きだったと思い出しました。

英国の画家であるターナーやミレーの名画、有名なモナリザのほほ笑み。

作中でも、実在の名品をよく登場させ、芸術論をくり広げています。ご自身でも水墨や山水（さんすい）に文字を添えて人に贈っているとか。そんな漱石さんは、私の美術品の撮り方を大いに気に入ってくれたのでした。

たいていの人は、そこになにがうつっているのかしか気にしません。でも一本の樹を十人の写真師が撮影すれば十通りの樹の見え方が生まれるように、優れた写真師はどううつすのかに注力し、自らの世界観を投影させます。将来には必ず写真師の個性が理解されると信じますが、今はまだそうではありません。

けれども漱石さんは、私の腕を見込んで納得のいく一枚を頼んでくれたのでした。

これほど光栄なことがあるでしょうか。

「もうひとつ、お伺いしてもいいでしょうか。つい一週間前にいらしたとき、そんな話はなさいませんでしたね。どうして今日またここに？」

漱石さんは私の気がかりを察したように「乃木大将のように自刃なんてしませんよ」と冗談めかしました。

「もちろん、そんなことを言いたかったわけでは——」

「でもね、一真さん。この一週間、私はずっと死ぬことについて真剣に考えていたのです。これほどまでに死を身近に感じたことはありません」

なぜか漱石さんの口ぶりからは、自身の人生がそう長くないことを悟っているような印象を受けました。もちろん、たった四年後に亡くなるとは、当時の私に知る由もありませんが、たしかにそう感じたことを記憶しています。

「じつは今朝、子規の墓前にも手を合わせてきましてね。毎年訪れていますが、今年はいっそう感慨深かった」

漱石さんの左腕には、この日も喪章がついていました。

先日は、単に明治天皇を悼む印と認識しただけでした。

でもこの日は、数日前に殉死した乃木希典に向けた敬意、十度目の命日を迎えた正岡子規への友愛、去りゆく時代への名残惜しさ、創作に対する不安などが、複雑に喪章に反映されているように見えました。

もっと言えば、いずれ死にゆく自分に、未来永劫(えいごう)残されるだろう写真のなかで、弔意を向けたいという決意の象徴にも。

「撮りましょう、最高の一枚を」

「よろしくお願いします」

私は館内の光を完璧に調整して、もっとも高級な感光材料を準備しました。あのポーズに関しては、漱石さんが自(おの)ずととった格好を採用しました。緊張した駆け引きのなかで、私は何度もシャッターを切りました。

写真師は偶然を味方につけ、ここぞという瞬間に反応しなければなりません。三十年以上の撮影人生のなかで、私にはその閃きに自負がありました。それでも、仕上がった三枚の写真を見たとき、私は心から驚きました。

どれも素晴らしい出来でしたが、とくに憂鬱(ゆううつ)げにうつむいた一枚は、どれだけ撮りたいと願っても、生涯にいくつも撮れるものではありません。理屈ではない特別な力が加わった、としか言いようがないのです。それほどあの写真は、文句のつけようのない出来映えでした。

「本当の自分がうつっている」

漱石さんが仕上がりを気に入ったのも、物憂げに目を伏せている一枚でした。

「どうか安心して、素晴らしい作品をもっと生み出してください」

「ありがとうございます。お礼に近々、私の家にお越しください。あなたにお贈りしたいものがあります」――。

手紙はそこで終わっていた。新村の補足によれば、途中で紙が切れていたらしい。最後の部分が不明なので、なぜ一真が弥彦にこの手紙を送ったのか、という目的もはっきりと分からないという注意書きがあった。

＊

数週間後、国立写真センターの新村から、綿部写真館のガラス乾板が復元されたと連絡があったので、山田たちはすぐに足を運んだ。前回と同じく、磨りガラスで囲われたスペースに案内され、何種類かのガラス乾板を見せられた。

「これらが、うちで所蔵している小川一真が使用したガラス乾板です」

達筆な文字が記された桐箱のなかに、焦げ茶色のガラス板が入っていた。大きさは絵ハガキほどである。桐箱は額縁状に窓の開いたデザインで、外に出さなくても、うつっている着物姿の人物を十分に確認できた。

「昔のガラス乾板は、こういうふうに桐箱に入って、衝撃から守られていました。おかげでフィルムに比べても、耐久性はあると言われています。ただし、これが今回見つかったものです」

新村がつぎに出したのは、白い布の敷かれたトレイ上の、古いガラス片だった。事前に割れていることを聞いていたが、想像以上に粉々だった。円花も「これはひどい」とため声を漏らしながらカメラを向けている。

「そうなんです。ガラス乾板の欠点は、重くて割れるという点です。ご覧の通り、一部は破片になっているうえに、複数の写真が混在していました。理由は分かりませんが、桐箱ではなく紙の封筒に仕舞われていたのも、劣化の原因ですね」

たしかにガラス片になってしまっては、うつっているものの正体は分からない。

「どういった手段で復原を？」

山田はメモをとりながら訊ねる。

「ガラス乾板は、簡単に言えば、感光する乳剤をガラス板に塗布したものです。固形化した乳剤を溶かして剥がし、新しいガラスに湿布していけば、理論的には復原できます。ただし今回はどのパーツがつながるのか分からなかったので、いったんプリントして引き伸ばしました。そのあとでつなぎ合わせ、仕上がったのがこれです」

つぎに見せられたのは、B5サイズほどの印画紙だった。部分同士をパズルのように繋ぎ合わせたあと、カビや汚れを除去し、劣化によってムラが生まれた色面を調整する、という気の遠くなる作業が施されたらしい。

ほとんどが復原を試みられたものの、断片的すぎてなにがうつっているのかさえ分からなかったという。しかし何枚かは、写真館に訪れた客らしき人々の姿を、今もしっかりと伝えていた。

「店で記録用として保存していたガラス乾板でしょうね」

「でもこれは、写真館じゃなさそうですよ」

円花がとある一枚に目を留め、山田に手渡した。着物姿の男性がカメラを背にして、文机に向かっている。白髪のまじった後頭部からは、性別以外は分からない。しかし机の上にうつっていた絵には見憶えがあった。

「これ、和夫さんに見せてもらった絵じゃないか……？」

「まさか、そんなわけないでしょ」

円花から一蹴されるが、どうも引っかかる。曖昧な記憶に頼らずとも、あのときスマホで写真を撮ったはずだ。半信半疑だったが、さっそく確認した。すると構図が見事に一致するではないか。

「ほら、しょぼい絵だって君が言った、あの魚の絵だよ！」

「本当にっ？」

円花は山田からスマホをひったくり、穴が空くほどに写真と見比べる。

そもそもガラス乾板が大きく欠損していたので、背景の大部分は分からない。それでもよく見ると、先日円花と確認した漱石山房の書斎に似ている。ネット上の写真と比較すると、置かれている本や家具の位置など、ピタリと一致した。

「うしろ姿の男性は漱石で、しょぼい魚の水彩画は漱石が描いたってことなの？　信じられないよ！　和夫さんが土蔵ごと業者に売却するのっていつだっけ」と言ったあと、円花は新村の方に向き直る。

「現像した写真は、持ち主の和夫さんに見てもらいました？」

「いえ、まだです。綿部さんからは、扱いを任せると言われているので」

「まずいよ、早く連絡しなくちゃ。漱石が描いたかもしれない絵が業者に引き取られたか、ひょっとすると業者も不要だからゴミとして捨てちゃったかも」

円花は血相を変えて、バンバンと山田の背中を叩いた。

慌てて和夫に電話をかけながら、山田はやっと腑に落ちていた。

あの魚は、漱石が『坊っちゃん』のなかで登場させた幻の魚〈ゴルキ〉ではないか。あの釣りの場面で、漱石は一真の先輩にあたる写真師、丸木利陽のことを書いた。だから一真に〈ゴルキ〉を描いた絵を送ったとすれば、なかなかシャレがきいている。

和夫の待つ写真館にタクシーで向かいながら、山田はスマホでじっくりとあの絵を眺めた。素朴な表情で描かれたその魚は、調べると幻の魚〈ゴルキ〉のモデルでもあったキュウセンというベラ科の一種によく似ている。

「なるほど、弥彦に宛てられた手紙のつづきには、あの絵のことが書かれていたのか」

山田は興奮を抑えながら言う。

「だとすれば、あの手紙はそもそも弟子の弥彦さんに、絵をもらった経緯を説明するために書かれた遺言だったのかも」

たしかに円花の言う通り、絵の裏側と手紙の冒頭には、小川一真の没年である「昭和四年」と同じように記されていた。

＊

【漱石晩年の自作絵画発見か】

という見出しで、日陽新聞の一面を文化部のスクープが飾ったのは、その翌月だった。美術品を多く記録してきた小川一真が、漱石由来の絵を受け継いでいた、というドラマは人々の関心を引いたようだ。

さらにその記事に書ききれなかった事実――漱石の晩年に撮影された肖像写真がじつは遺影だったかもしれないという秘密や、写真師との知られざる友情について――は連載〈ジャポニスム謎調査〉にて詳しく紹介した。「有名な漱石の肖像写真が少し違って見えるようになった」「漱石の人間味が伝わってきた」などの感想が寄せられている。

ガラス乾板の復原によって、漱石の作品である可能性が浮上した魚の絵は、幸いにも処分されずに済んだ。まだ専門家が調査で結果は分からないものの、和夫は「祖父や小川一真の思いを大切にしたい」と話していた。

記事が掲載されたあと、その好評を祝した打ち上げが、大衆居酒屋〈さんまの味〉で行なわれた。といっても、掲載日に社に残っていた文化部員が、その場の流れで店に集まっただけなのだが。

「みなさん、いろいろ心配事もあるでしょうが、安心してください！　私がいる限り、文化部は大丈夫です」

大丈夫です、ってなんだよ。いったいどこからその自信が湧いてくるんだ。乾杯の音頭をとって輝いている円花は、オフィスで原稿を書いていたときのげっそりした姿とは別人のようである。

ネタ提供者の星野も、山田のとなりに座っていた。別のテーブルで大口を開けて笑っている円花の様子をチラチラと窺いながら、山田は星野に言う。

「最近、雨柳民男の『お～い、道祖神』を読んでるんだけどさ」

学生時代、民男独自の書きぶりには歯が立たなかったが、先日の大津出張で滝上学芸員がバイブルだと話していたので、もう一度手にとってみようと思い立ったのだ。東北や甲信越地方にある、わらや石でつくられた道祖神を訪ねて、村の人に由来や伝承を聞いてまわるという紀行文だが、難解な言葉がつづくうえに縦横無尽に話が広がるので、社会人になった今も読みながら何度も混乱した。

「それでさ、調べたら『お〜い、道祖神』って初版はうちから出たらしいんだよ。今から四十年以上前だし、そのあと別の出版社から文庫化されているから、あんまり知られていないみたいだけど」

「コネ入社だっていう噂が立ったのは、その関係かな」

「かもしれない」

すると一升瓶を片手に持った円花が「真面目くさった顔してるけど、ちゃんと飲んでる？　今夜は部長のおごりらしいから、たくさん飲んでも大丈夫だよ」と真っ赤な顔でやってきた。部長のおごりだから気を遣って飲まないという発想はないのだな。

「雨柳民男さんの話をしてたんだけど、実際はどんな人だったの？」

山田が訊ねると、円花は「おじいちゃんの話だね」と嬉しそうに腰を下ろす。

「私が小さい頃からあんまり家にいなくて、ずっと調査旅行に出てるイメージだよ。なんせ千軒以上の民家に宿泊したんだって自慢してたくらいだから。私も何度か同行させてもらったけど、楽しかったな」

「千軒ってのはすごいね」と星野が驚いた様子で言う。

「どこでも寝られる、なんでも食べられるっていうのをやたら誇っていて、知らない人を家に泊まらせることもあったよ。ふふふ、今から考えると信じられないよね。取材先でも絶対に迷惑をかけないように徹底していたし、困った人は放っておけない人情派だったかな。私ってば、そんなおじいちゃんに似ちゃってさ」

「自分で言うかね。ちなみに、日陽新聞の人も家に来たりした？」

「うん、たまに家に来て、勉強を教えてもらったこともあるよ。いろんな大人がおじいちゃんの調査にも同行していたし。作家とか画家とかを連れて、うちにご飯も食べにきたこともあったな。って、でもコネ入社じゃないからねっ」

円花はそう念押ししたが、山田が気になったのは、生まれ育った環境の差だった。そんな環境で育ったなら、文京区の喫茶店で使われていた湯呑も、本当に古伊万里だと見抜いていた気がしてくる。それに、普段から社交に気合を入れているのも、じつは祖父の姿を見て自然と身についたものだったりするのだろうか。

「その日陽新聞の人って、今でもうちに勤めてるの？」と星野が訊く。

「ずっと会ってないから分からないけど、就活のときは面接にいたから、少し話をしたよ。あんまりなつかしくて昔の感じで寄っていったら、社内では敬語を使いなさいって叱られちゃったくらい。でも今も会社に来てるのかな？　おじいちゃんよりは年下だけど、にしてもかなり高齢だし。あ、何度も言うけど、コネ入社じゃないよ」

それよりも、と山田が名前を訊こうとしたとき、深沢デスクが「お疲れさま、二人と

も」と声をかけてきた。深沢デスクとは、これまで打ち解けて話せたことがあまりなかっ

たが、今夜は漱石や同時代の文豪たちのうんちくを熱く語っていたし、話しかけてきた様

子もいつもより明るく親しみやすい。いよいよ褒められるのかな、と山田は内心期待す

る。

「今回の記事は、本当に運がよかったな。こんなに運を引き寄せる男だとは思わなかった

ぞ、山田」

運がよかったって、出来映えや評判がよかった、ではなく？

「ちょっと待ってください、運だけじゃないですって！　他社の記者は及び腰だったなか

で、僕たちだけがいち早く反応して諦めずに追いかけたからこそ独占できたネタだって取

材先からも言われたんですよ」

「そうだとしても、うぬぼれちゃいけないぞ。記者っていうのは、諦めずに追いかけるの

が仕事だ。そんなの当たり前なんだから」

「えー、深っちゃんってば厳しい。もう少し褒めておくれよ」

気がつけば、円花は深沢デスクに対しても敬語を忘れている。

「今回一面に掲載されたのは、本当は小杉部長のおかげなんだぞ」

「小杉部長が？」

耳を疑ってしまったのは、押しの弱い小杉部長は、珍しく一面を飾れそうなスクープがあっても、他部署に紙面を奪われがちだという評判だからだ。けれども今回の記事に関しては、若い記者に感化されたから譲れないと押し切ったらしい。

まさか、円花の影響は小杉部長にまで？

——私がいる限り、文化部は大丈夫です！

先ほどの一言が、山田の頭をよぎった。

打ち上げのあと、改めて星野に礼を伝えた。

「いや、俺はただ情報を伝えただけで、それを記事にしたのは二人の手柄だから」

星野と夜道を並んで歩きながら、今回の取材で改めて新聞社の仕事を面白いと感じたという話をした。円花とコンビを組まされたときは勘弁してくれと思ったが、周囲の評価を気にするばかりじゃなくて、熱意のままに動くって案外大事だな、と。

「山田って最近、〝円花〟の話ばっかりだな」

「は？　そんなことないよ」

否定したものの、思い返せば悔しいくらいに円花のことばかり考えている。ことあるごとに円花が脳内に現れ、その発言にツッコミを入れている。どこにでも無遠慮に乗りこむやつだとは思っていたが、人の脳内にまで入りこんでくるとは、無礼なやつだ。

「金輪際（こんりんざい）やめよう、円花の話は二度としない」

そう強がってから、ふと大津絵の記事の打ちあげのあと、会社の裏手にある堤防で、偶然また同じ釣り人に遭遇したことを思い出した。文化部に属していると知って、雨柳円花という記者がいるだろうと言ったのだ。

「ごめん、最後にひとつだけいい？」

「なんだよ、また雨柳さんか」と、星野が呆れる。

「このあいだ、俺とオマツリした釣り人のこと、憶えてる？　あの人とまた会ってさ、雨柳円花って記者がいるだろうって言われたんだよ」

星野は眉をひそめて「なんでまた」と答える。

「円花の記事を読んだのかなって思ったんだけど、いちいち書き手の名前なんて憶えないよな。しかもフルネームで」

「もしかして、ストーカーじゃないの」

「まさか」

「だって彼女のSNSってフォロワーが多いんだろ？」

星野の断言を疑いながらも、山田は胸騒ぎがした。だから日陽新聞の社員しか使わない私有地の釣り場に紛れこんでいたのか。

そういえば支局にいた頃、アイドルの追っかけからストーカー化した高齢者の事件を取材したことがある。はじめは孫を応援するような、ほのぼのした気分ではじめたが、ついには脅迫文を送って逮捕されたという。

山田は社内の飲み会をはじめ、雄勝町や大津市の人たちのことを思い出す。たしかに円花には、初対面でも年齢や立場を越えてしまう跳躍力がある。それだけにストーカーというのは可能性が高い。

「知り合いだとしても、なんか気持ち悪いな」

「本当だよ。ていうか、よく考えたら、俺って円花のことを全然知らないんだよな」

「なるほど。でももっと知りたいんなら、まずは自分のことをアピールしなきゃな。つぎの連載記事は地元とか、おまえに関係あることと絡めればいいんじゃない？」

第四回
灯台
TOUDAI

夏のある朝、山田が出勤すると、大量の資料に囲まれながら、コンビニの玉子サンドイッチを食べる円花の姿があった。

「どういう風の吹きまわしだ？　君がこんなに早く来るなんて」

「早く来たんじゃなくて、まだ帰れてないんだよ」と言って、円花はボサボサの髪を整える様子もなく、大口をあけて欠伸をした。最近社内では、残業時間を減らすようにという通達がくり返されているが、円花に悪びれる様子はない。

「なんの記事を抱えてるんだっけ？」

「昨日の夕方、台東区のお寺で放火未遂があったでしょ。社会部の領域とはいえ、深っちゃんから文化部でも別角度から記事を書くように言われて調べてたら、底なし沼のようなお寺の歴史に迷い込んじゃってさ」

さすがに目の下には疲れが滲んでいるが、愚痴っぽさは一切ない。どうやら歴史や文化に関する調べものなら、楽しくて仕方ないようだ。今回の放火事件に限らず、夜遅くまで資料室にこもって調べものをしている。土日に文化系のイベントや施設に行くと、必ず円花の姿を見かけるという都市伝説めいた噂もあった。

「原稿がうまく仕上がらなくて、ヒーヒー言ってるだけじゃないの？　なんなら、また手伝ってやろうか」

つい意地の悪いことを言ってしまう。

「そういう山田こそ、毎朝キッチリ九時に出勤してるなんて真面目すぎるってば。それとも深っちゃんへの点数稼ぎ？」

円花は口をへの字に曲げて言い返してくる。

「点数なんて考えるわけないだろ」

反論したものの、痛いところを突かれていた。

新人の頃は残業している周囲に合わせ、無駄に机に座って時間をやり過ごしていたこともある。つくづく空気ばかり読む小心者の自分が嫌になるが、どうしようもない。実力がないという自覚があるからこそ、せめて勤務態度だけは悪くない印象を上司に与えたいと、朝早くに出勤する癖がついてしまったのだ。

パソコンを立ちあげてメールボックスを開くと、十数通の未読メールがあった。大半は業務連絡や他部署との確認事項のやりとりだったが、一通、船宿のメルマガが含まれていた。

――最近、釣り船に乗ってないな。

通勤時間にスマホで確認した天気予報を思い出しながら、窓の外に広がる東京湾に目を向けると、屋内にいるのがもったいない釣り日和だった。波の高さはちょうどよく、空も薄雲がかって雨の気配はない。〈ツレル・パターン〉はどうだろう。そうだ、釣りといえば――。

「あのさ、円花」

「なに、まだ話？」と迷惑そうにこちらを見る。

「大津絵の打ち上げのあと会社の裏手で、七十代くらいの釣り人から君のことを訊ねられたんだ。君の知り合いで釣りが好きな人っているかな。向こうは名乗らなくて、ちょっと気味が悪かったんだけど」

「ふーん、誰だろう」

円花は首を傾げつつ能天気につづける。「この辺りの店でよく年上の飲み友だちができるから、近くに住んでるオジジかもね」

「酔っぱらった見ず知らずのオジジに、私は日陽新聞文化部の記者ですってわざわざ吹聴してるのか」

山田が眉をひそめると、円花は吹きだした。

「もうっ、警戒心が強すぎるんだから。積極的に職種を言い広めてるわけじゃないけど、話の流れだったりＳＮＳでつながったりするじゃない。最近じゃシニア世代との交流もＳＮＳが普通だしね。それで私が記者だって知ったんじゃないかな」

「それだな！　君の発信を見てストーカーになったんだ。少しは気をつけた方がいいと思うぞ」

「ストーカー？　世の中そんな悪い人ばかりじゃないって」

円花は笑い飛ばし、山田の忠告にまったく耳を貸さなかった。

しかしあの釣り人の物言いはただの飲み友だちにしては、どこか含みがあった。会社の私有地にまでわざわざ釣りに通ったりして、ただの釣り人ではなさそうだ。つぎにあのオジジを見かけたら、こっそり写真を撮って送り、どのような知り合いかを確認してもらうことにした。

そのあと文化部内のグループ会議で、深沢デスクからこう言われた。

「君たちの連載は小杉部長からも好評だから、どんどんまたよいテーマを考えてほしい」

連載をはじめるまでは夢にも見なかった賞賛に、山田は固まる。前回の漱石に関する記事にしても、元文学少年だった部長に気に入られたようだ。となりにいる円花は「まったく気づくの遅いよ」と満面の笑みで深沢デスクの肩を叩いている。一方の山田は、褒められると逆に嬉しさよりも気負いや不安をずしりと感じる性格である。

「なんだ山田、褒めたのに」

「はぁ……自分でもこんな運よく順調にいくとは思ってなかったので……実力で褒められ

た気がしないというか」

「おいおい、面倒なやつだな。でも山田の言う通り、君らは本当に強運だよ。偶然に拾いあげたネタが、こんなに反響を呼んでるんだから」

「なになになにっ！　偶然じゃないよ、必然。実力ってこと」

円花は反論するが、深沢デスクが評する通り、大津絵は半ば友実子に押された格好だし、漱石だって星野が回してくれたネタだ。これまでの当たりは偶然といえば偶然だった。被災地で伝統工芸を受け継ぐ硯職人だけは、円花が温めてきた関係のおかげだが。

「ほら、山田！　そんなに身構えてたら、縮こまった記事しか書けなくなっちゃうよ。運も実力のうち。どんどん行っちゃえばいいんだよ、遠慮せずにさ」

「行くってどこに」

「分からないけど、前進あるのみ」

円花はひたすら前向きで、会議のあとも企画のアイデアが次々に浮かんでくる様子だった。プレッシャーを感じやすい豆腐メンタルの山田とは対照的に、期待されると俄然やる気になるなんて羨ましい限りである。

持ち場に戻ってから、最近考えていた次のテーマを円花に提案してみる。

「雨柳民男さんについての記事はどう？」

「うちのおじいちゃんか。内輪ネタだし他に候補が出なくなったときにとっておきたい気もするけど。それに連載は謎や知られざる一面がキーワードだからね。どうして急に」

星野からズバリ指摘された、円花のことをもっと知りたいという本音は、口が裂けても言えない。

「お互いに所縁（ゆかり）のある内容も、たまにはいいんじゃないかと思ってさ」

「そういうことなら、先に山田の所縁から探してみようよ。故郷はたしか静岡県下田（しもだ）市だったよね。知り合いに面白いことしてる人いないの」

「面白いことって、ざっくりしてるな」

と言いながら、山田の脳裏にある人物が思い浮かんだ。今では下田市役所に勤務しているあいつはたしか――。

「元同級生が灯台の保存プロジェクトに関わってるよ」

「東京大学じゃなくて、海岸から光を照らす、あの灯台？」

「決まってるだろ。ま、でも灯台なんて文化芸術から離れすぎか、忘れてくれ」

「いや、それだよ！」

円花は身をのりだして、顔を近づけてきた。瞳に光が宿っている。アンテナに引っかかったときの表情である。

「私、静岡総局にいたとき、よく休日に灯台巡りをしてたんだ。じつは静岡県ってすてきな灯台の激戦区で、今ものぼれる御前埼（おまえさき）灯台もあるし、富士山と一緒に写真に収められる清水灯台もいいよね。山田はどの灯台が好き？」

　好きな灯台など考えたこともなく、遭遇しても単なる風景の一部としか捉えていなかった。しかしよく考えれば、ひとつひとつデザインも立地も異なるし、光を照らす塔という共通項があるからこそ違いや個性が際立つものだ。

「地元の灯台には愛着があるよな、それなりに」

　適当に答えると、円花は表情を明るくした。

「そりゃそうか、伊豆半島なんて灯台の聖地だもんね。爪木埼灯台や石廊埼灯台の他に、なんと言っても神子元島灯台もあるし」

「おいおい、なんでそんなに詳しいんだ？」

「へへんっ、私って灯台女子なの」

　胸を張って答える円花に、なんだそれはと山田は狼狽える。歴女や山ガールというのは分かるけれど。音だけ聞けば、東大の女子学生を思い浮かべてしまう。

「つまり、灯台に萌えるってこと」

　円花は人差し指を立てて、こうつづける。「灯台はね、船のために光を照らすだけじゃなくて、重要な歴史遺産でもあるわけ。古いものは明治初期の技術の粋を集めて建設されたんだから。しかも岬や無人島の切りたった岩肌に、すっとそびえる孤高な塔のシルエット……力強くて美しいじゃない？　ＧＰＳが普及した現代じゃ、管理費の節約や省エネの観点から絶滅の危機に瀕しているとも言われるけど、やっぱりロマンがあるよね」

「ちょ、ちょっと待って、灯台って絶滅しそうなの？」

うっとりと両手を頬に添えている円花は、話を止めなければ延々とつづけそうな勢いだった。

「知らないの？　それこそ大問題なんだよ！　今じゃ航海技術もデジタル化して、より効率が追求されてる。灯台の運営もほぼ自動化されてしまって、さらなるコスト削減のために古いものは取り壊される運命にあるわけ。何十年先まで残っている確証はないんだよ」

「なるほどね」と山田は唸る。

灯台というのはごく身近で、一度つくってしまえば、いつまでも当然そこにあると思い込んでいたので、まさか存続が危ぶまれているとは知らなかった。たしかに今の時代、陸のうえでも紙の地図を広げるのではなく、スマホのアプリで経路を確かめるのが当たり前なのだから、航路の取り方も進歩して当然である。けれども港町で育った人間にしてみれば、灯台のない岬や海岸なんて、ロウソクのない誕生日ケーキのように味気ない。

「君の言う『聖地』の伊豆半島のなかでも、どこかひとつだけ灯台を選ぶとすれば、どこがいいと思う？」

「いろんな観点があるけど、今回の記事にするなら、やっぱり神子元島灯台かな」

山田にとってメジナやキンメ釣りのイメージが強い神子元島には、明治初期につくられた重要な灯台があるという。ただし下田港から船で三十分ほどの孤島にあり、市内に住んでいた山田でさえ足を踏み入れたことはない。

「神子元島か……行くとしたら、釣り船に乗るのかな。それにしても、灯台巡りって実際にはなにするわけ？　ただ見にいくだけでは記事にならないような」

「やっぱり山田は、カチンコチンの石頭野郎だね」

ため息を吐かれ、ムッとする。

「そういう君は、失礼なやつだね」

「あのね、灯台の楽しみ方や見所は数えきれないほどあるんだよ。海沿いのハイキングや軽い登山を目的にするのもいいし、景勝地の灯台で最高の一枚を撮るのもいいでしょ。他にも灯台自体のデザインに注目したり、光の強さや色、点滅のパターンを分析するのも楽しいよ。あとは灯台守（とうだいもり）の生活を勉強したり想像したりもいいね」

指折り数えながら、円花はつぎつぎに挙げていく。「連載は〈ジャポニスム謎調査〉がタイトルなわけだし、前回の漱石の記事との関連を考慮すれば、下田市の神子元島灯台っていうのは、ぴったりな題材だと思うよ」

山田はやっと円花の真意を理解した。

「近代の幕開けに貢献したからだな？　下田は日米和親条約で開港したところだし」

「正解！　開港して西洋文明が入ってきて、日本で最初の西洋式灯台がつくられたのは、明治になってすぐだからね。それまで火を焚いて舟に位置を知らせる灯明台（とうみょうだい）はあったけど、木造だから耐久性も利便性もはるかに劣っていた。そこで外国から招かれた技術者が灯台設計の技術をもたらし、今あるような灯台をつぎつぎに生みだしたってわけ」

　円花いわく、わけても有名な技師がスコットランド人のリチャード・ヘンリー・ブラントンという人物だった。若くして祖国の技術を携（たずさ）えて来日した彼が、最初に設計に着手したものこそが、現存する現役最古の西洋式灯台、神子元島灯台だという。

「あれ、たしか日本で一番古いのって、横須賀の観音崎（かんのんざき）灯台じゃなかったっけ？　それは俺でも知ってるぞ」

　山田が訊ねると、円花は得意げに答える。

「ふふっ、今の発言には、間違いがふたつあるね。まず観音崎じゃなくて、観音埼（さき）ね。字が違って濁らないんだ。地名に山へんの崎の字が用いられていても、灯台の名前は土へんの埼の字になるんだよ。もうひとつは、観音埼灯台はたしかに日本最初の西洋式灯台だけど、地震で二度倒壊して当初の煉瓦（れんが）造りじゃなくなってるの。その頃の外観が今も残っているのは、神子元島灯台の方なんだ」

「そ、そうなのか……」

　灯台の「聖地」で育ったくせに、まったく知らなかった。

「それにしても、港から離れた小さな島に灯台を建てるなんて、当時はさぞかし苦労しただろうな。シケで資材が流されたりもしただろうし」

「そりゃね。でも山田も言ってた通り、ペリーの黒船がやってきたとき、まず開港の約束をさせたのが下田港だからね。神子元島への灯台建設はどんなに危険なミッションだとしても、双方にとって絶対に避けられないポイントだったんだよ」

「いろいろなドラマがありそうだな。よし、元同級生に連絡をとってみるか」

勢いのままにスマホを手にとってから、山田はわれに返った。

本当に大丈夫だろうか。もう円花には灯台以外の選択肢がなさそうだが、あいつが返事をくれるとは限らない。なんせ、八年前にあの一件があってから、まったく連絡をとっていなかったのだから。

＊

東京駅から伊豆急下田駅までは、特急〈踊り子〉号で行けば、乗り換えがなくて便利である。しかし円花はわざわざ熱海駅で〈踊り子〉号を下車し、伊豆半島の南下は鈍行にしたいと言いだした。地域のプロモーションのために考案された〈キンメ電車〉か〈黒船電車〉に乗りたいのだという。窓の方に向かっている座席に座れば、伊豆の海もよく見えるうえに所要時間はそんなに変わらないから、と円花は熱弁した。

しかも帰りは、一万円近くとられる豪華列車〈サフィール踊り子〉号だと決められていた。もちろん、通常の料金から足が出る分は自腹である。これまでの経緯から〝鉄分〟たっぷりの旅程について山田はなにも言わずにおいた。

「ありゃ、雨が降ってきた。天気予報では午後も晴れになってたのにな」

窓際に陣取った円花は、車窓を悔しそうに眺める。

線路は相模川（さがみがわ）を越えた辺りから、海の間近に迫っていた。新型車両のシートは伊豆の海と空をイメージしたらしく鮮やかな青色だが、実際に窓の向こうに広がる海面は、重たげな雲の灰色をうつしている。

「悪天候で船が出なかったら、またスケジュールを調整しないとね」

「え、諦（あきら）めないの？」

「あったりめぇよ！」と円花はなぜかべらんめぇ口調で、肘掛（ひじかけ）をバシバシと叩きながら答える。オフィスと比べると、出張先での彼女のテンションは一段階高くなるのだ。「実際に島を訪れて、夕暮れの灯台っていう最高の被写体をとらえることが、今回の最大のミッションなんだから。そのためにわざわざ市役所にいる山田の元同級生に頼んで、海上保安庁の許可ももらったわけだし」

「でも再度お願いするのも気が引けるし、わざわざ島まで行って撮影しなくても写真や資料を提供してもらうこともできるんじゃ」

「バカ言っちゃいけねぇよ、そんなの記者失格ってもんだろうが。なんでぇ、今日の山田はいつにも増してスットコドッコイのコンコンチキじゃねぇか。どうしちゃったんだい」

鋭い指摘だったので、山田は返答に詰まる。

「なになに、正直に話してごらんなよ。ここまで来たんだから、私とも情報共有しておいた方が地雷を踏まずにすむんじゃない？」

「そうだな」と息を吐いて、山田は白状する。「じつは取材を引きうけてくれた元同級生とは、しばらく連絡をとっていなかったんだ」

下田市役所に勤める元同級生、丸吉洋平（まるよしようへい）は、一言でいえば幼なじみだった。両親同士の交流もあり、家族ぐるみで遊びにいくこともあった。小中学校ともに同じで、地元では一番の親友といってもいい。

運動神経のよかった彼は、水泳に打ちこんでいた。とくに中学に入ると水泳部のキャプテンとして練習に励み、県大会でも何度か優勝しただけでなく、オリンピック選手を目指せる実力と賞賛され、地域ではちょっとした有名人でもあった。

一方の山田は、下田に晩年よく滞在したらしい三島由紀夫（みしまゆきお）に耽溺（たんでき）するなど、体育会系とはあまり縁がなかったが、丸吉とはなぜか馬が合った。高校時代、丸吉は県内有数の水泳強豪校の寮に入り、山田は下田市に残ったものの、二人の友情は変わらずつづいた。丸吉が長期休暇で地元に帰ってくると、よく二人で堤防釣りに行ったものだ。

かいつまんで話すと、円花は「へぇ、いいじゃない」とほほ笑む。

「今日はそんな親友と、久しぶりに再会できて嬉しくないの?」

「どうだろうな。もちろん、会いたくないわけじゃないけど、友情って環境や価値観によって変化するものだろ」

大学時代、丸吉はトレーニング中の事故で左肩に大怪我をした。それ以来、同じ箇所の故障をくり返し、成績がぐんと落ちこんでしまう。水泳をやめると打ち明けられたのは、山田が就活に忙殺されていた頃だった。

思い返せば、あの頃すでに二人には距離があったのだろう。山田が大学に進学したことを機に、実家も市外に引っ越していたので、わざわざ下田まで行く回数も減った。たとえ久しぶりに顔を合わせても、昔話ばかりで楽しさは半減し、別れてからどっと疲れを感じたときさえある。

そしてお互いに社会人になって間もなく起こった一件を境に、そのズレは決定的になった。

あの一件さえなければ、二人の関係もそこまで悪化しなかっただろう。

灯台の取材を申しこむために、山田は半日かけてラインの文面を熟考した。

――お久しぶりです。元気にしていますか? このあいだ、丸ちゃんが神子元島灯台の保存プロジェクトに携わっているってSNSで知りました。じつは勤め先で神子元島灯台を取材したいと考えていて、よければ話を聞かせてくれないだろうか。返事は時間があるときで大丈夫です！

絵文字も使った文面は、何度も書き直して完成させた。馴れ馴れしいのも事務的すぎるのもおかしい。最後はだんだん疲れてきて、どうにでもなれという気持ちで送信した。既読がついたのは翌日の朝で、返事があったのはさらに翌日だった。

——お久しぶりです。取材の件、いいですよ。

丸吉の反応は短く敬語で、やけに淡々としていた。しかし直後に、会社のメールアドレスに取材を申しこむための段取りを送ってきてくれたので、山田はすぐに礼を伝えた。神子元島を訪れるスケジュールを決め、今に至る。

不穏な感じもするが、気にしすぎかもしれない。

山田は深く考えないようにして、下田に向かっていた。

伊豆急下田駅の改札を出ると、潮の香りのする湿度の高い風に包まれた。分厚い雲がかかっているが、雨は止んでいる。都内では外に出るとジリジリと焼けるような暑さだったが、海風のおかげで涼しい。車の交通量も少なく、ゆったりとした穏やかな雰囲気で満ちている。

久しぶりに歩く町並みは、昔とさして変わっていなかったが、記憶よりもどこか小さくなったように感じた。

下田市は、日や時間帯によって表情の変わる美しい浜辺や、柳と川に象徴される趣ある街並みで知られる。しかし近年、若年層の流出がつづき、山田がいた頃に約三万人あった人口は、その三分の二ほどに減っていた。

市役所は駅前すぐの場所にあり、一階の窓口では多くの市民がさまざまな手続きをしにやってきていた。入口近くで待ちながら、時折聞こえてくる方言は、なにより山田に「帰ってきた」という感覚を抱かせる。

やがて見憶えのある男性がカウンターの奥から現れた。水泳選手だった頃と変わらず、がっしりとした肩幅だが、最後に会ったときに比べれば全体的に横に大きい。記憶に刻まれているジャージ姿ではなく、白いシャツに灰色のスラックスという公務員らしい服装も板についていた。SNSを通じて近況を知っているつもりではいたが、会ってみると空白期間の長さを実感する。

「おぉ、丸ちゃ――」と口をひらこうとしたとき、相手がこちらに気がついた。

「久々の下田にようこそ、山田くん」

山田は一瞬固まった。ずっと「山ちゃん」という愛称で呼ばれていたのに、「山田くん」になっている。しかも表面的には歓迎しているようで、ずっと帰らなかったことをチクリと刺してきたようにも聞こえた。丸吉とわだかまりができてから、すっかり下田から足が遠のいていた山田は、地元の他の友人との交流も途絶えていたが、丸吉はそのことを知っているのだろうか。

「あ、ありがとう。半日も時間をとってもらって、本当に助かるよ」

敬語を使うべきかを迷いながら、社交辞令が口をつくが後がつづかない。山田はSNSで積極的に発信していないので、新聞社に就職したあとの状況を丸吉は知らないはずだ。脳内のシミュレーションでは、まずお互いの近況や風貌の変化について話題になるだろうと踏んでいたが、実際はそんな空気ではなかった。

気まずさを埋めるように、山田はとなりにいる円花を紹介する。社会人らしく名刺交換する運びとなった。丸吉の名刺には「観光課」と記され、灯台保存プロジェクトのロゴマークがついていた。彼は山田ではなく、円花に向かって説明する。

「このプロジェクトは、見学できる灯台での実務を担当している公益社団法人と、海上保安庁が立ちあげたものですが、今は市の観光課も関わっています。あとで詳しく説明しますので、こちらにどうぞ」

「はい、ありがとうございます」と、円花はいつも通りの調子で答える。

案内されたのは、市役所内の会議室だった。海上保安庁の職員と待ち合わせている夕方四時まで、まだ一時間以上ある。それまでに灯台の歴史や島に上陸するときの注意事項を説明すると言われていた。

まずは普段、観光客向けに配布しているパンフレットを手渡される。

それによると、神子元島灯台は下田港から約十キロ南下した無人島にあるという。イギリス、アメリカ、フランス、オランダの四ヶ国とのあいだに条約が結ばれたことをきっかけに、いち早く着工された一基として明治三年に初点灯した。

「あの！　早速ですが、質問してもよいでしょうか」

山田が資料を読みおわらぬうちに、となりの円花が挙手をした。

「今日は灯台を見学させてもらったあと、ご紹介いただいた元灯台守の方に取材に行く予定ですが、常駐する方はもういらっしゃらないんですか」

「ええ。一九七〇年代半ばからは自動的に日が沈めば点灯し、日が昇れば消灯するようなシステムが導入されました。でもお二人に紹介した元灯台守の方は、今も海上保安庁から派遣されて定期的にメンテナンスに訪れていますよ。無人灯台になる前は、職員が交代で常駐していたそうですけどね」

「でも島内には、まだ官舎が残されているんですね」

円花はパンフを見ながら言う。

「それも今日ご覧になれます。今は屋根にソーラー発電のパネルが取りつけられて、自家発電できるようになっているんです。おかげで電力が供給されなくなっても、灯台の光が絶えることはありません」

丸吉は慣れた口調で説明した。

——俺もなにか言わなくちゃ……しかもポジティブなことを。

二人のやりとりを聞きながら、山田は必死に考える。

「このパンフだけど、丸吉くんがつくったの？　分かりやすくて勉強になるね。フォントも渋いし、これで観光客も少しは増えそう」

口に出してから、「渋い」だの「少しは増えそう」だのいう言い方は決して褒めていないことに気がつき、激しく後悔する。山田は石橋を叩きすぎて割ってしまうような性格であり、咄嗟（とっさ）の対応が求められるときほど失敗しがちになる、という本番に弱い面があった。

しかし丸吉はとくに気にしなかったらしく「そうだよ」と肯（うなず）く。

「このパンフは、僕が観光課に配属されて最初につくったものなんだ。今回、神子元島灯台が日陽新聞で紹介されると聞いて、課の同僚たちも楽しみにしてるよ。どういう紙面で掲載してもらえるの？」

はじめて丸吉がこちらの状況に触れてくれたので、ようやく山田は円花と担当している連載について説明することができた。丸吉は、新聞社勤務といえば政治家に張りついて取材したり、刑事事件の真相を追ったりする仕事を想像していたらしく、文化部の業務内容について興味深そうに耳を傾けていた。

気をよくした山田は、調子にのって口を滑らせる。

「丸ちゃんの力になれて、こっちも嬉しいんだ。あれから連絡をしてなくて、ずっと気がかりだったから――」

その瞬間、丸吉の表情がさっと曇るのが分かった。待てよ、「力になる」なんて、おこがましいにも程があるじゃないか。力になってくれたのは、取材を受けてくれた相手の方なのに。悪気は一切なかったが、解釈によってはかなり失礼である。しかも、あの件に触れるのも時期尚早（しょうそう）だ。

慌ててフォローを考えていると、丸吉が気をとり直したように明るく言う。

「では、説明はこの辺りで終わりますが、またなにかあったら訊いてください。神子元島へは海上保安庁の船をお願いしたので、多少雨が降っても大丈夫です。僕は職員の方を迎えにいくので、お二人は事前にお伝えした服装に着替えていてください。この部屋は奥にお手洗いがついていますので、自由に使ってもらって構いません。では、のちほど」

よどみなく説明を終えると、丸吉は会議室を出ていった。

以前からテキパキしたやつだったが、職場でもきっと頼られているんだろうな。頭の片隅でぼんやり想像しながら、悲しさと情けなさが襲ってくる。丸吉がこちらに壁をつくっていることは、間違いないと思い知らされたからだ。

＊

丸吉がいなくなると、さっそく円花から指摘された。

「山田らしくないね」

「そうかな」と山田は力なく項垂れる。

「普段なら、取材先の人に力になれて嬉しい、なんて慎重さを欠いた失言は絶対にしないじゃない。むしろ、思い切った発言で相手のガードを崩して切りこんでいくのは、私の役目でしょ？　こっちまで調子狂っちゃうよ」

「やっぱり失言だったよな」

肩を落としながら、山田は大型のキャリーケースを開けた。

漁師が着るような防水加工のつなぎと磯釣り用の長靴、そして自前のライフジャケットを取りだす。山田は普段、船釣りでこのような格好に慣れているが、円花は今回のために準備したらしく、お手洗いで着替えを終えたあと、テンション高めに記念撮影をしてくれとスマホを手渡してきた。

「この重装備、吉田松陰に見せたいね」

「そうそう、松陰は幕末に下田港からペリー艦隊に乗りこんで、アメリカに密航しようとしたんだよな。急になんで?」

「小舟で出たとき、普段どおりの着物姿だったらしくて、きっと危険で苛酷だっただろうなと思ってさ。四月下旬のことだっていうけど、濡れたら寒いだろうし。相当な勇気がないと無理だよね」

そんなことまで調べたのかと感心しつつ、円花の熱心さのおかげで、山田も少しずつ元気が戻ってきた。

しばらくすると出航の準備を整えたらしい丸吉が、海上保安庁の男性職員を連れて会議室に戻ってきた。簡単に挨拶(あいさつ)をして、全員で市役所を出発する。船着き場は山がすぐそばまで迫った湾内にあり、小型の漁船がずらりと並んでいた。

静かな港を眺めながら、丸吉は独り言のように呟く。

「漁師もだいぶ減って、兼業ばかりになったよね。高齢化も進んだし」

「やっぱりそうなのか」

漁師の仕事を継がなかった父のことを思い出しながら、山田は寂しさを抱くと同時に、自分もこの町から出ていった立場として、なんらかの責任を負っている気がした。地方創生や町おこしといった言葉をよく耳にするが、東京で聞くのと地方で聞くのとでは、まったく違った響きがある。

海上保安庁の船は十人乗りくらいで、ありがたいことに今日は取材のためだけに出航してくれた。三十分という道のりに、円花は「けっこう離れてるね」と身構えているが、船釣りに慣れている山田にとっては、一時間以上かけて沖に出ることも珍しくない。

エンジン音が高鳴り、あっというまに陸地が遠ざかる。

タイミングを見計らって丸吉に近況を訊ねると、地元で福祉関係の仕事をしている女性と結婚し、今では娘を一人育てながら妻は第二子を妊娠中だという。また結婚を機に市内にマイホームを購入し、子育てに役所勤めにと日々忙しく過ごしているとか。どれもSNSでは知りえなかった情報だった。

「改めて今日はありがとう」

「いや、大丈夫だよ。これが仕事なわけだし」

仕事という一言に、またしても山田は距離を感じた。いや、気にしすぎかもしれない。

「あのさ、最後に会った夜のことなんだけど」

ずっと謝りたかったんだ、という続きを口に出そうと意を決したとき「見えた！」という円花の声にかき消された。ふり返ると遠くの方から少しずつ現れたのは、一基の灯台がそびえる岩礁だった。

「そう、あれが神子元島ですよ」と丸吉は双眼鏡をのぞく円花に歩み寄る。

「よくぞ、あんな難所に」

円花はすぐさま双眼鏡からカメラに持ちかえた。

建設の苦労については、事前に調べていた。

ごつごつした岩肌に安定させるため、まずは頂上の岩を削りとり、平らな地面をつくるところからはじめられたという。主な建材の伊豆石は、下田市内の岬から切りだされ、伝馬船と呼ばれる木造の小舟二艘で運びこまれた。精緻に積み重ねた石の目地には、日本初の速成セメントが使われている。建設にはのべ千人近い石工が約二年間にわたって従事したという。

いくつもの潮流がぶつかる波の高いエリアとあって、航海するだけでも一苦労なのに、どうやって石を運び入れたのか想像もつかない。少しずつ島に近づくにつれて、黒帯を二本締めた強者のような姿が、波の向こうにはっきりと出現した。灯台は島内で一番高いところにある。

「美しい！」と円花はグラビア撮影でもしているかのように感嘆する。

神子元島灯台ははじめ白の無地だったが、霧のなかでもよく見えるようにと、竣工から十数年後に白と黒のボーダーに塗装されたという。

「孤島の灯台は、ボーダーが多いんだよね」

「そうなんだ？」

「大分県の水ノ子島灯台も、関門海峡にある白洲灯台もモノクロの縞模様なんだよ」

カメラを構えながら、円花は言った。

船が到着する頃には、日は徐々に傾きはじめていた。

山田は円花のためにひそかに酔い止め薬を持参していたが、彼女は最後まで元気そのもので、男性職員にあれこれ質問したり、船から島を撮影したりしていた。むしろ山田の方が、丸吉との会話に気を遣いすぎたせいかヘロヘロである。

船は釣り人たちが数名いる岩場に近接するが、桟橋（さんばし）の類はなく、比較的高さのちょうどいい地点に船を近づけて、エイッと飛びうつらなければならない。山田はバランスを失いかけるが、職員に手を貸してもらってなんとか上陸できた。一方の円花は思っていた以上に運動神経がいいらしく、楽々とジャンプして先に進んでいく。

「みなさん、無事に上陸できましたが、ここからが要注意です。慌てず気をつけて、僕のあとにつづいてください」

男性職員に誘導されて、灯台に向かうゴツゴツした岩の道をのぼりはじめる。

雨雲はすっかり流れ去っていたが、風はずっしりとした重みを持って、身体に体当たりしてくる。注意しないとバランスを崩して転倒しそうなので、靴底のスパイクソールが岩に当たる感覚を確かめながら、赤茶色の岩肌を一歩一歩前進する。

灯台の足元の台地には、さきほど円花が言った旧官舎や倉庫が残っていた。横幅二十メートルほどの一階建ての石造りであり、今では電気系統の装置以外の物は見当たらないが、かつては二世帯が畳を敷いて暮らしていたという。

「ここは海抜が低いですけど、波が高いときはどうしてたんです?」

円花の問いに、職員が答える。

「灯台のなかにも宿直室があるので、そちらに避難していたみたいですよ。ちなみに、この灯台は七〇年代に起こった大きな伊豆半島沖地震にも耐えたんです。この島の近海はよく台風の通り道にもなるので、古くから船の事故も多くて『海の墓場』と呼ばれるほどでしたが、この灯台はずっと光を照らしつづけてきました」

いよいよ灯台に近づいて見あげると、ひっくり返ってしまうほどに高かった。全長二十三メートル。青空と青い海を背景に、まっすぐに立つ姿は神々しくもある。扉は固く閉ざされており、関係者以外はなかには入れない。

「立派なフレネルレンズですね」

円花の言う通り、レンズのあるガラス張りの灯室が、地上からでもよく見えた。視界は三百六十度開けており、「きっと灯室までのぼれば海面の波がつぎつぎに迫ってくるような迫力だね」と、灯台にこれまで何度ものぼってきた円花は興奮している。直径三メートルにもなる、目玉にも似たデザインのガラス製レンズは、はるか彼方の海原を見据えていた。

「もう少しで点灯の時間ですね」

丸吉が腕時計を見ながら言い、男性職員が首肯する。

すると、ぽつりと水滴が頬を打った。波飛沫がかかったのかと思ったが、さきほどまで晴れわたっていた空に、ものすごい速さで分厚い灰色の雲が流れていた。風も強くなり、荒々しい波はうねりとなって足元まで這いあがってきそうである。

「すごい波だな」

弱腰になって呟くと、円花から「大丈夫、山田？」と心配されてしまう。海の近くで育った者として、情けないところは見せられないので「ノー・プロブレム」と答える。すると円花は「強がらなくていいよ、私だって怖いもん」と肩を叩いた。

「君にも怖いものはあるんだな」

皮肉で言ってやったが、円花は「当然だよ」と冷静に答える。

「灯台の近くの海って、たいていこんな感じで表情が分刻みで変わるんだけど、見学した日の夜は夢で見たりするもんね」

「なるほど。海難事故が絶えない場所にこそ、灯台が建てられたわけだしな」

すると円花が、しみじみと肯く。

「フランス人発明家のフレネルがレンズを考案することになったのだって、海難事故の恐ろしさを伝える有名な一枚の絵画がきっかけだって知ってた？」

「絵画が灯台のレンズを？」

「同じくフランス人の画家、ジェリコーの《メデューズ号の筏》ってあるじゃない」

たしか教科書に載っているような名画だ。遭難した男たちが、遠くの晴れ間に浮かぶ船に向かって筏から自分たちの存在を訴えており、瀕死(ひんし)の者もいれば、とうに命を落とした者も生々しく描かれている。とにかく残酷というか、腐乱臭が漂ってきそうな一枚だった。

「あれは実際の海難事故をモデルにしてるんだな」

「うん。あの絵が描かれたおかげで世論が大きく動いて、悲劇をくり返さないために灯台建設やその技術向上が目指されたんだって。おかげでフレネルも、学術団体から資金が下りて長年の夢だったレンズの開発ができたっていう」

絵が描かれた十九世紀はじめの灯台は弱々しい光で、せいぜい港の位置を目立たせるくらいの役割しかなかった。一方、フレネルレンズを備えた新しい灯台は、遠くまで航路を示した。その〝光〟が、ついに日本にまで届いたというわけだった。

そのとき、灯室がパッと点灯した。

光は、水平線の彼方までまっすぐに伸びていく。

徐々に日が暗くなってきたことを感知し、一瞬で夜の姿へと変貌したのだった。回転をくり返すレンズが、まるで日没とともに目を覚ましたかのように、海原に向かって力強く自らの位置を主張しはじめた。

神子元島灯台のレンズは、三十六キロ先まで光を飛ばすという。東京と横浜を結んだ直線距離よりも長いという計算だ。それほど長い光達（こうたつ）を可能にしたのは、大きな電球を使っているためではない。むしろ電球は手の平にのるほどのものである。そうではなく、光の正体が粒子（りゅうし）ではなく波だと見抜いたフレネルが、反射や屈折によって光達距離を有効に伸ばす特殊なレンズを考案したおかげだった。

山田と円花はカメラを持って移動しながら、さまざまな表情を捉える。

「はじめてこの時間帯に来ましたが、感動しますね」

丸吉は自身のスマホでも撮影し、男性職員が首を縦に振る。

「でしょう？　夕暮れどきの灯台は見飽きることがないですね」

薄暮（はくぼ）を迎えた空は、裾の方から天上へと色を変え、その色を海面が反射する。孤高に光を発する灯台は、岩場とともにシルエットになって、夜の闇に溶けていった。最後に残ったのは遠くまで届く、威厳に満ちた光だけだった。

すばらしい絶景だ、と山田は思った。この絶景が、毎日のようにくり返され、世界のあちこちで見られるなんて。本来相容（あいい）れなかった海と人の、奇跡のような美しいつながりを垣間見（かいまみ）たような気がする。そして灯台が単なる航路標識だけではない、特別な魅力を秘めていることを確信した。

＊

島から戻ったあと、山田は円花とともに宿泊先のホテルに荷物を預けにいった。このあとは〈ライトハウス〉という灯台をコンセプトにした喫茶店で、丸吉から紹介してもらった元灯台守の方と取材の約束があった。

「丸吉さん、帰っちゃったね」

ホテルのロビーで受付を待っているあいだ、円花が残念そうに言う。

山田も、丸吉が取材に同席してくれるものだと思っていたが、本人は「急ぎの用事があるので市街地のほうに戻ります。他に知りたいことがあったら後日メールしてください」と未練なく去ってしまったのだ。

「とうとう謝れなかった……」

あまりの悔恨（かいこん）に、山田は両手で顔を覆う。

「なになに、謝るってどういうこと？」

「じつは丸吉と疎遠になったのには、きっかけがあったんだ」

気がつくと、円花に打ち明けていた。

丸吉と最後に会ったのは、新聞社に就職したばかりの春だった。山田はまだ地方支局に赴任すらしておらず、東京の大企業、しかも志望した全国紙で働けることにとにかく舞いあがっていた。そんな折、東京に用があるから二人で飲まないかと丸吉に誘われた。その席で、山田は取り返しのつかない発言をしてしまったのである。

「なにがあったの」

「入社してすぐの頃、おまえも東京で働いてみたらどうだ、一回はチャレンジしてみるべきだ、みたいなことを飲みの席で言ったんだ」

「あちゃー、それは上から目線にも聞こえるね。人それぞれ、事情もあるだろうに」

まさにその通り、長男である丸吉は、いずれは両親の面倒を見なければならないという責任感から、地元の市役所に就職すると言っていた。その裏側で、大都会で自由にやっていきたいという本心もあったのかもしれない。水泳選手になる夢を諦めて以来、愚痴やネガティブ思考が増えて、新しいことに挑戦しようという覇気もなくなったように見えた。

そんな彼は将来に人知れず不安を抱えていたのか、フレッシュな同世代らしくない悩みばかり口にした。憧れの東京生活に期待をふくらませていた山田にとって、土地の相続や両親の老後といった心配ごとは、じつに湿っぽく聞こえた。当初はのらりくらりとやり過ごしていたものの、やがて対応するのが面倒くさくなった山田は、酔いのせいもありついに失言に至ったのである。

「あのときの俺は調子にのって、人には人の事情があるっていう当たり前のことを忘れてたんだよ。あいつの口ぶりが、どこか東京暮らしを羨んでいるようにも感じたから、つい大きなことを語って鼓舞したくなっちゃってさ。いや、それは丸吉のポテンシャルをよく知ってるからこその言葉なんだけどな。でも、やっぱり思いやりが足りなかったよ……」

「それで、丸吉さんの反応は？」

「取っ組みあいの殴りあい――」

「えっ」

「になったら、まだよかったんだろうな。あいつはとくに言い返しもせず、無言で勘定だけ置いて店を出ていった。最高に気まずかったよ。だからこっちとしてもフォローの仕様がなかったし、失言がやけに尾を引いて深い溝になったんだ。本当は直後に謝るべきだったんだけど、なんだか意固地になっちゃって。だから今回の取材は、心残りを回収するっていう個人的な目的もあったわけ」

「なるほどね」と、円花はロビーに設置されたソファにもたれかかりながら、訳知り顔で腕組みした。「分からないでもないな。友人関係って、ちょっとした一言が原因で急に悪化したりするもんね。子どもの頃は仲直りも簡単だったけど、大人になるほどに修復は難しいものだし」

「分かってくれるか！」

思わず円花の手を取りそうになった山田を制止するように「でも」とつづけた。

「丸吉さんからしてみれば、その流れで急に記事にしたいって言われても戸惑うよね。下田に残って町を支えている人の立場になってごらんなよ？　たとえば灯台にしたって、実際に訪れるたびに思うけど、保守するのは並大抵の大変さじゃないんだから。歴史文化財として扱おうにも、国の持ち物だから老朽化にともなって議論なく壊される例もあるし」

ぐうの音も出ないとは、このことだった。

ホテルのスタッフに呼びかけられ、円花はそちらに向き直る。山田はひとまず礼を伝えようと、スマホに丸吉とのラインを表示させたまま手に持っていたが、ホーム画面に戻してポケットにしまった。

つぎの目的地であるカフェ〈ライトハウス〉は、下田市と南伊豆町の境目辺りの、海に面した崖に位置していた。

今回はレンタカーではなくタクシーでの移動を選んでいたので、毎度のようにどちらが運転するかで揉めずにすんだ。タクシーは切り立った崖に沿って右へ左へと曲がり、半島の輪郭をなぞって走っていく。トンネルを抜けたと思ったら、夜の海がはるか下方に広がる。そんな海岸線からせりだすように、一軒の店が構えられていた。

外観は昔ながらの喫茶店といった煉瓦造りだった。レトロな木枠で飾られたガラス戸を開けると、棚にコーヒーメーカーや酒瓶の並ぶカウンターの前に椅子が五脚ほど置かれ、さらに窓際にはテーブルが三つある。こぢんまりした店内で、なにより目を惹いたのは窓の向こうに広がる絶景の海だった。

「すごい、神子元島灯台だけじゃなくて、石廊埼灯台まで見える！　あれは下田港の堤防にある灯台かな？」

店の窓の向こうでは、白や赤や緑といった光が呼応するように点滅していた。

「いらっしゃい」

現れた店主に、事前に連絡していた記者だと告げる。

窓際のテーブルについてメニューを見ると、フィッシュ＆チップスやカレー、スコッチウイスキーの銘柄がいくつもあって、どうやら英国スコットランドのパブを再現しているらしい。カレーもよく考えれば、イギリスの植民地だったインドの影響で、現地には多くの名店があると聞いたことがある。きっと「日本の灯台の父」と呼ばれ、神子元島灯台を設計した、スコットランド人設計士ブラントンにちなんでいるのだろう。外国人が多く訪れた下田の歴史にも合う。

他にも、灯台をコンセプトにした店だけあって、本棚には灯台関連の豊富な書籍が揃えられ、各地の灯台フィギュアがいくつか飾ってある。壁には、さまざまな灯台の美しい写真が額縁におさめられていた。訊けば、店主が旅行して撮影したものらしい。そのうちの一枚に、晴れわたった空と穏やかな海を背景にした、神子元島灯台の姿があった。

「今日は神子元島灯台を見学させてもらったんですが、あのフレネルレンズの光を岬からまた拝めるなんて感激です」

店主は「でしょ」と円花に言ってにやりと笑った。「うちは立地に惚れこんで、この店をはじめたんですよ。私の家系は漁師でね。今も兄が漁船を継いでるんだけど、私はもっと違うことがしたくて」

たしかに晴れていれば、日中の灯台もよく見えそうだ。

「そろそろ、いらっしゃる頃かな」

山田が時計を見たとき、ちょうど店のドアが開いた。

現れたのは、白いシャツにグレースーツの上下を着て、紺のネクタイを締めたきちんとした装いの小柄な白髪の男性だった。おおらかな笑みをこちらに向けると、片手でハットをとって「すみません、遅くなりました」と頭を下げる。

「いえ、今日はお時間をいただいてどうもありがとうございます」

円花とともに立ちあがり、深くお辞儀をした。

今夜、わざわざ下田市に一泊して〈ライトハウス〉を訪れる時間をつくったのは、この元灯台守の男性、峰松武(みねまつたけし)氏に取材するためでもあった。丸吉を通して、峰松に取材の申し込みをすると、この店を指定されたのである。

峰松はテーブルにつくと、しばらく灯台の光をじっくりと眺めていた。そのあいだに、店主が代わりに説明する。

「峰松さんにはよく来ていただいているんですよ。光に異変があったら、すぐに分かるからいいって」

「今も、伊豆半島の灯台のメンテナンスをなさっているとか?」

「ええ」とだけ答え、峰松は軽く頭を下げた。

灯台は人命を預かっている。自動化されたといっても、レンズを含めて多くの特殊部品が老朽化しているために、定期的に人の目でのチェックが必要になる。LED投光器に変えるべきだという意見もあるようだが、今日見たレンズも含めて多くの部分に昔ながらの技術が守られていた。

調べたところによると、日本における現役の灯台守は今ではほとんどいないものの、全国の灯台はエリアごとに、引退した灯台守の手によって管理されている。伊豆半島南部の灯台を担当しているのが、目の前の峰松だった。

彼を紹介されたのは、丸吉と下田でのスケジュールを決めたときだ。

——峰松さんは海上保安学校に入ったあと、海上保安庁に長年勤めてらっしゃったベテランだよ。北海道から沖縄まで、あらゆる灯台を知り尽くした方だから、なんでも教えてもらえると思う。

灯台守の仕事は一ヶ所に留まり、その土地の灯台を守りつづけるものというイメージがあったが、じつは違うことがすぐに分かった。海上保安庁の職員として日本各地の灯台に交代で赴任するので、数年でその土地を離れる。

またイメージでいえば、灯台〝守〟という古風な名称からか、老齢の隠遁者がこもってレンズを磨いている様子が思い浮かぶ。しかし実際は、忍耐力だけではなく専門知識と臨機応変な対応力が求められる、きわめて高度な知力と体力を要する任務だった。

峰松も七十代という実年齢のわりに、背筋がのびて若々しい。

「お二人とも、お腹が空いたでしょう。ここは料理もお酒もおいしいですよ」

「じゃ、遠慮なく」

あくまで取材の場なのに、円花は嬉々としてスコッチウイスキーをロックで注文した。おいおい大丈夫なのかと山田は内心ツッコミながらも、一杯だけならいいかなと便乗して水割りを頼んだ。常温水の方が芳香きわだつと店主から教わり、氷は抜きにしてもらう。

カウンターに置かれたスコッチは、琥珀色に輝いていた。はじめて味わうハイランド地方の銘柄だったが飲みやすく、スモーキーな香りが鼻孔に心地よく広がる。炭酸水をチェイサーにして交互に飲んでいる円花も「バグパイプが聞こえてきそう」と魅了されている。

「スコットランドに行ってみたくなりますね」

山田がしみじみ言うと、カウンター越しに店主が肯く。

「灯台を調べるなら、一番いい場所だと思いますよ。あそこの生活には灯台が根付いてますからね。ホテルとして泊まれる灯台なんてのもあるし。難所だらけのギザギザした険しい海岸がつづいている風土だからこそ、いち早く灯台開発が行なわれたんです。って素人の私ばっかり話してますけど、ねぇ、峰松さん？」

峰松は寡黙な人のようで、はじめのうちあまり話さず、代わりに淡々とスコッチの水割りを飲んでいた。顔色は変わらないのに、あっというまに三分の一ほどに減っている。準備してきた質問の他に、山田は峰松その人について知りたくなった。

こちらの気持ちが伝わったのか、峰松は酒が進むにつれ、積極的に受け答えしてくれるようになった。とくに円花の飲みっぷりを気に入ったらしい。夕刻、神子元島灯台を訪れたと話すと、「それは貴重な体験をしましたね」と穏やかに答えた。

「あそこは内も外も、ほとんどが建った当時のままなんです。だからよく昔のことを思い出すんですよ」

「その頃の話を聞かせていただけませんか。灯台に常駐されていた頃の話を。多くの人の記憶に刻まれるように、私たちも言葉を尽くして記事にするつもりです」

円花が訊ねると、峰松は「私のような者の話でいいのか、ここに来るまで迷っていたのですが……そうおっしゃるのならお話ししましょう」と答えた。

「私が下田に生まれたのは戦後まもなくで、その頃、灯台守の仕事というのは誤解されていたと思います。少なくとも一般的にはほとんど理解されていなかった。滅多に人が訪れることのない僻地（へきち）での仕事だから、仕方ないのかもしれませんが、戦争に行きたくないから灯台守になって逃げた、と心無いことも言われましたね」

「そんな、ひどいよ」

急に敬語がとれて、いつもの軽い調子になった円花に、山田はヒヤッとする。さては酔いが回ってきたに違いない。しかし峰松は、むしろくだけた受け応えの方が話しやすいらしく、はじめて笑顔を見せた。

「ええ、事実は逆ですからね。戦争では、大勢の灯台守が最後まで光を守るという使命のもと、殉死したんです。戦争中、灯台は海軍にとって重要な役割を果たす存在であり、海上監視を任されていました。それは裏を返せば、敵の艦船にとっても標的になるということです。日に日に悪くなる戦局のなかで、彼らは〝光を守る〟という使命感を持ち、灯台もろとも攻撃を受けました。とくに悲惨だったのは沖縄の灯台です。だから今の沖縄には明治大正期につくられた古い灯台は、一基も残っていません」

そこまで話すと、いったん峰松は口を閉ざした。そして水割りを一口飲んで、しみじみと言う。

「光の面倒をみるというのは、本当にたいへんな仕事です」

光の面倒をみる、という言い方が新鮮だった。

まるで命ある子どものように、光を扱っている響きがある。

「峰松さんが灯台守を目指したのは、どんな理由からなんです？」

山田はメモをとりながら、峰松に訊ねた。

「格段の理由はありません。幼い頃から海や船が近くにあって、そのなかで灯台に惹かれただけです。昼夜問わず、悪天候でも人知れず海に向かってまっすぐに立っている姿が、頼もしいヒーローのように見えましてね。スケッチをしに行ったり、プリズムのような光源部を観察したりして遊んでいました。それに、この街に住んでいる多くの人と同じく、私の家系も漁師をしていましてね。親や親戚から、全国の灯台についての物語を聞かされて育ったというわけです」

「物語、ですか」

「はい。灯台には、それぞれの物語があります。私が若かった頃はとくに、物語が大切にされていました。船乗りたちは海図を読むよりも、船で通りすぎる岬の位置関係を、物語で憶えていたのです。どんな灯台にも、ひとつは物語がありました。私はその物語を船乗りたちから聞いていました」

気がつくと山田は、すっかり峰松の話に惹きこまれていた。

そして子どもの頃、釣りが好きになったきっかけを思い出した。山田の祖父も同じく下田の漁師であり、引退後はよく釣りに連れていってくれた。釣るという行為も楽しかったが、海を前にして祖父が聞かせてくれる物語に、より夢中になった。

たとえば、魚にまつわる話——どこからやってきてどんなふうに育ち、どう料理すると美味しいのか——や船乗りとしての冒険談。きらめく水面や水平線の向こうに広がる、目に見えない世界について想像を膨らませる時間が、山田はなにより好きだった。

「ある岬の灯台には、こんな物語がありました。灯台守が長年その灯台に住みつく野良犬と散歩していたら、とつぜん犬が崖から数メートル下の岩場に落ちてしまった。困ったことになったと崖下を覗くと、犬は途方に暮れて自らの死を悟った顔をしている。しかし灯台守を名乗る者は、人一倍、命の重みを知っています。諦めずにロープをつたって崖を降りていき、犬を抱きかかえました。すると足元に、不思議なかたちの骨が落ちていたので、正体は分からないけれども、記念に持ち帰ることにした。その後、たまたま灯台にやってきた地元の大学教員に見せると、なんと白亜紀の恐竜の化石だと判明したんです。以降、その岬では恐竜の化石探しがブームになったのだとか、ね」

峰松の語り口は、彼の酒の飲み方に似て、抑揚がほとんどない代わりに、滞りなく滑らかだった。ふだんは口数の多い円花が黙っているところを見ると、彼女も惹きこまれているようだ。とはいえ、グラスはしっかり空になっているけれど。

どうしてそんなに話が上手なのだろう。

祖父と重ね合わせていると、峰松の方から答えを明かしてくれた。

「灯台守になると、そうした物語の重要性を改めて実感しました。灯台守というのは、光を発することが仕事でも、自分たちの暮らしは闇のなかにあります。とくに私が若かった頃は今ほど電力も安定せず節約しなければならなかったので、夜になればあらゆるものに闇がつきまといました。シケがつづいて運悪く電気が途絶えると、それこそ昼も夜もありません。闇のなかで料理をして食事をして身体を洗います。電話線も現代のように便利ではなかったので、励まされるのは家族との時間や、ともに生活をしている別の灯台守との他愛もないおしゃべりでした。そうなると自ずと語り部が育つわけですよ」

峰松は押し殺した声で笑うと、「ほら、ああいうふうに」と本棚を指した。

ふり返ってよく見ると、世界の灯台を紹介する専門書や、灯台守の体験記などが並ぶなかで、二冊のなつかしい古典が異彩を放っていた。

「あそこに『宝島』と『ジキル博士とハイド氏』があるでしょう？　あの二冊を書いたスコットランドの文豪スティーヴンソンは、父親や祖父をはじめ一族は代々灯台設計技師なんです。ちなみに日本の灯台の父ブラントンも、エディンバラにあるスティーヴンソン社から技術を学びました」

「へー、灯台技師の一族なのに小説家になったんだ」

円花は本を手にとり、ページをくりながら言う。

「父親は息子に、灯台技師になってほしいとエディンバラ大学で土木工学を勉強させていたのに、当の息子は詩や物語の執筆に夢中になってしまったんです。でも私たち灯台守からすれば、仕方のない成り行きだと思いますね。なんせスティーヴンソンの小説には、灯台設計士だった父親と各地の海岸を遍歴し、灯台守たちと交流した経歴が色濃く反映されていますから」

やがて店主がフィッシュ&チップスを運んできた。皿には近海で獲れた真鯛の大きなフライに、フライドポテトが添えられている。ファストフード店で売られているポテトとは違い、皮付きの肉厚なじゃがいもだ。香ばしい湯気に、空腹を強く感じた。

いただきます、とナイフでフライを切り分けると、白くてつややかな身が現れる。一口食べれば、衣によって閉じこめられた旨味がいっぱいに広がった。真鯛を揚げるなんて贅沢だが、刺身や寿司ではない食べ方も負けじと美味しい。

訊けば、衣の生地は本場の調理法にならって、水の代わりにビールを用いているという。また英国製のモルトビネガーも料理と一緒に出されており、サラサラとかけてみると透明なキツネ色で、揚げ物がさっぱりとした味わいに変化した。この味を、日本に灯台をもたらしたブラントンや、小説家のスティーヴンソンも愛したのだろう。遠い異国に想いを馳せながら、その味を心に刻んだ。

円花も下田の魚介が盛りだくさんの英国風カレーに満足した様子で、食後の一杯をおかわりしていた。

全国津々浦々の灯台で勤務してきた峰松だが、神子元島灯台での日々は、とりわけ苛酷だったという。無人島なので十日ごとの交代勤務で、その分の食糧を持参した。しかし天候が悪化すると、船をつけることができなくなり、連絡用の無線も使えず、完全に孤立する。悪天がつづいて期限を何日もすぎ、食料が底をついてしまうと危機が迫った。

「台風がくるとね、官舎は浸水してしまうから、灯台のなかに避難するわけです。いよいよ海が荒れてくると、灯台が沈むほどの大波が襲ってくる。突然、それまで轟音を立てていた海鳴りが聞こえなくなって、沈黙に支配されるんです。つまり自分のいるところが、水中にすっぽり潜ったってことです。その無音がとにかく恐ろしくてね」

いつのまにか店内の音楽は止まっていた。もともと曲が流れていたかどうかも思い出せなかった。

「辞めようと思ったことは？」

円花が今日もずけずけと訊ねると、峰松は「ありますよ」と即答した。

「別の灯台で勤務していた頃、そういう時期もありました。海はときとして、予測できない狂暴さを持っています。まるで大きな獣が獲物をしとめるように、容赦なく人に襲いかかってくる。でも私たちの仕事は、それでも光の面倒をみつづけることなんです。定年まで勤められたのは、そんな海の危険さゆえに、灯台のおかげで救われたと言ってくれる人が少なからずいたからでしょうね」

　するとカウンターの奥で話を聞いていた店主が、こう補足する。

「僕も含めて、港町に暮らす人々にとって、灯台守の存在はなによりありがたいものでしたからね。それこそGPSがなかった時代は、灯台があるおかげで父や夫が海から無事に帰ってこられた。そんな意識が強くあったんですよ」

　油断ならざる海岸線や岩礁（がんしょう）を転々とつなぎ、何世代にもわたって築かれ守られてきた光の列を、山田は窓越しに見つめる。海や船は動きつづけるが、灯台はずっとそこにいる。だからこそ海に放たれる光は、つねに人々を導き、報（しら）せ、慰め、戒めてくれる。

　技術的な質問にもひと通り答えてもらったあと、丸吉が行なっている灯台の保存プロジェクトについて話題が及んだ。峰松は丸吉と信頼関係を築いている様子だった。丸吉がいたからこそ、灯台を取材することにしたと話すと、興味深そうに肯いた。

「山田さんは若山牧水（わかやまぼくすい）だったわけだ」

「というと？」

「牧水の友人は、神子元島灯台で灯台守をしていたんですよ。牧水は友人に招かれて島に何日か滞在し、そのときの体験を作品にして発表しています。きっと彼らはお互いに、自分のやっていることが役に立って嬉しかったでしょうね」

「おじいちゃん、いいこと言うね！　どんなに離れていても、認め合ってる仲間っていいもんだよね、うんうん」

見ると、円花のグラスはまた空になっていた。

＊

カフェ〈ライトハウス〉を出たのは、午後九時を過ぎた頃だった。

山田と同じく、円花も峰松から聞いた話に、ずいぶんと心を動かされたらしい。今回とりあげる主題は灯台そのものだけではなく、灯台守の想いや技術にも焦点を当てた内容にしてはどうか、とホテルに戻るタクシーの車内で話し合った。神子元島灯台の歴史と、それを長いあいだ維持してきた人々のドラマを紹介するのだ。

「よーし、これで思い残すことなく東京に帰れるね」

赤い顔をして、達成感にあふれている円花とは対照的に、山田の心は晴れなかった。

ぼんやりと窓の外を眺めていると、ツンツンと肩をつつかれる。

「さては、丸吉さんのことを気にしてるね？ そんなに申し訳なく思ってるなら、丸吉さんにもう一度連絡してごらんなよ。牧水だよ、牧水。滞在は明朝までなんだから、今っきゃない。やるっきゃないよ！」

やるっきゃないって昭和の死語なのでは、と内心ツッコミながらも、酔っぱらって余計に威勢がよくなった円花に、つい背中を押される。今謝る機会を逃がせば、一生溝は埋まらないかもしれない。

ホテルに到着してから、丸吉に電話をかけて礼を伝えた。

「わざわざ連絡くれなくてもよかったのに」

そう言いながら、迷惑そうな声色ではなく胸を撫でおろす。やがて旧友に話し足りないことがありそうだと察したのか「せっかくだから、うちに来る？　子どもは寝たし少しだけなら」と思いがけず誘ってくれた。

「本当に？　ありがとう、今すぐ行くよ」

思わずスマホを持ちかえていた。

＊

丸吉の家は、市役所からほど近い住宅街にあった。子どもの頃は木造の古い一軒家で、よく遊びにいったが、今では真新しい二世帯住宅になっていた。自分がたどらなかった人生の一端を提示されたように感じる。

家のなかは適度に散らかっていて、それゆえに家庭的で明るい雰囲気だった。リビングのあちこちに家族写真や子どもの描いた絵が飾られている。第二子を妊娠している丸吉の妻は、娘と一緒に別室で寝ているらしい。網戸になった窓から夏の夜の涼しい風にのって、かすかに波の音が聴こえた。

「こんな遅くに、ごめんね」

「こっちが誘ったんだから気にしなくていいよ。ビールしかないけどよかったら」

山田は静かに礼を言って缶を受けとり、促されるまま食卓の椅子に腰を下ろすが、そわそわと落ち着かない。

「どうかした？」

「いやー、独身としては差を感じちゃって」

「なんだよ、それ。十代で結婚して、子どもが中学生になる同級生もいるんだし。ぶっちゃけ、住宅ローンと教育費で頭が痛いんだから」

「それはそうかもしれないけど、すごいよ」

子どもやマイホームに驚いたというよりも、丸吉があまりにも地に足のついた生き方をしていることに差を感じたのだった。しかし丸吉はどこか冷めた目で、山田のことをじっと見つめたあと、息を吐いて視線を逸らした。

「すごいすごいって言うけど、本当はそう思ってないだろ」

「そんなことないよ！」

山田としては嫌味などではなく、本心からの「すごい」だった。東京での生活は、余計なことを考える暇がないほど忙しくて刺激的だ。でも丸吉の家にいると、自分を客観視せずにはいられない。外側だけは一応整っているが、内実は出世もせず仕事の成果でもくすぶっている自分を。

独身の自分が借りているマンションは、駅から近い代わりに狭くて日当たりが抜群によくない。平日は仕事にあくせくして帰宅も遅く、休日も残してしまった仕事に出るか、ただ寝るだけの場所だった。焦りはないが、いつまでこんな生活を続けるのだろうとたまに寂しくなる。

すると丸吉は、気まずさを誤魔化すように缶をプシュッとあけて、そのままグビグビッと飲んだ。久しぶりの再会に対する乾杯はないのだな、とショックを受けながら山田もプシュッとやり、口をつける。

「雨柳さんだっけ。あの人、面白いね」

「そう？」

「何人も神子元島灯台に連れていったことがあるけど、あんなに喜んでくれたというか、熱心に見学してくれた人ははじめてだよ。本当に灯台が好きなんだな。山田くんよりも後輩なんだっけ」

まだ「くん」なことに落胆するが、それを隠して答える。

「今年文化部に来たばっかりだよ。オフィスでは居眠り常習犯だけど、取材先では急に張りきるんだ」

「いいじゃない、元気があって。やっぱり新聞社の仕事って楽しそうだよ」

楽しいことばかりじゃないよと言いかけて、山田は黙っておく。すると丸吉が、声のトーンを落として話しはじめた。

「たぶん今僕がいる世界と、山田くんがいる世界って、正反対なくらい違うんだろうな。小さな町でこういう仕事をしてると、道を歩いていても知ってる人とばかり会うんだ。それはそれでいい面もあるけど、新しい出会いは少なくてさ。出張だって、滅多に行く機会はないし。最後に会った夜も、つい先日まで同じ世界にいたはずの山田くんから、僕には分からない東京の話をされて、遠い存在になったように感じたんだよ。僕だけこれからも田舎者なんだって、急に自覚したというかさ」

「それは誤解だよ」と山田は即座に否定する。ついに丸吉が腹を割ってくれたと感じ、謝る糸口を探す。「そんなつもりは毛頭なかったし、あのときは自分でも腹が立つくらい調子にのってたんだ。というか、俺なんか東京で就職したものの、上司からはたいした評価も得られてないし。いや、ほとんど得られてないし、いつまでも不完全燃焼でさ。今のペアを組まされるまでは、記事だってほとんど採用されたこともなかったんだよ」

ここに至ってもまだ「組まされる」などと宣った自分に軽く失望をおぼえながら、山田はハッとした。

よく考えれば、丸吉こそ自分よりも何倍も努力して、オリンピック選手になるという夢を追いかけていたのだ。それでも家族への責任感から下田に残り、今までずっと地元のために働いてきた。

「あのさ、ずっと伝えたかったんだけど――」

口をひらいたとき、リビングのドアが開いた。幼稚園児くらいの少女が、パジャマ姿で立っていた。寝ていたはずの丸吉の娘が、知らない大人の声がするので気になって起きてきたのだろう。

「こちら、お父さんの昔の友だちだよ」

昔の友だち、という表現にふたたび傷つきつつも、挨拶をする。いったい今日は何度傷つけばよいのか。

「こんばんは。お名前はなんていうの？」

「ももこ」

「ももこちゃんか、いい名前だね」

ももこちゃんは恥ずかしそうにほほ笑んで、丸吉の陰に隠れた。

それから少しの間、父子のやりとりをほほ笑ましく見守っていた。小さい子どもに接するのは久しぶりで、幸せのおすそわけをしてもらった気分になる。丸吉にさとされて、ももこちゃんが部屋に戻ってから、山田はしみじみと「マジで羨ましいよ」と呟く。

「……いずれは娘もこの町から出ていくんだと思うと寂しいけどね」

小さな声で言うと、丸吉はビールを手にとって一口飲んだ。

「いやいや、そうとは限らないし、まだそんな心配するなんて早くないか？」と山田は答えた直後に思い直して「いや、親だったらそう思って当然だよな」と言った。下田を出ていったのは、他ならぬ自分だからである。

丸吉は缶をコトリとテーブルに置いて、笑みを浮かべた。

「山ちゃん、変わらないな」

「そうかな？　丸ちゃんこそ！」

嬉しくなって、山田もかつての呼び名で返す。

「でも変わらないってのは、いい意味だけじゃないよ」

丸吉の口元はほほ笑んでいたが、目は真剣だった。角が立たないように気を遣っているだけで、本当のところではまだ怒っているのだ。山田は曖昧な表情を浮かべたまま、黙って耳を傾けるしかない。

「今『羨ましい』って言ったけど、そういう言葉がいちいち引っかかるんだ。本当に『すごい』とか『羨ましい』とか思ってるなら、今すぐ立場を代われるの？　東京の便利で華やかな生活を捨てて、下田に戻ってこられるの？　絶対に無理だろ。今なら気にせず受け流せるけど、あの頃の僕にはできなかった。僕だって状況が許して、都会に出ていけるものなら出ていきたかったから」

語り口は穏やかだが、言いたいことが止まらないようだった。

ついに丸吉が「出ていけるものなら出ていきたかった」という本音をぶっちゃけてくれたことで、長年山田の心の奥底にあった氷が解けて、彼に対するさまざまな感情、なつかしさや申し訳なさ、尊敬やもどかしさが溢(あふ)れだす。

結局、丸吉も本心では東京に来たいのではないか、と思った直感は正しかったのだ。けれども彼自身も意識したくない本心だったからこそ、あれほど気に障(さわ)ったのだと今やっと理解する。あのとき自分は無神経にも、彼がもっとも触れてほしくない部分に土足で立ち入ってしまった。かけるべき言葉は他にもっとあったはずなのに。

山田は勢いよく頭を下げた。

「ほんっとうにごめん！　今更だけど、ずっと謝りたかったんだ、あの夜のこと……元通りになりたいなんて言わない、いや、言えないよ。おこがましすぎるもんな。要するに驕(おご)ってたんだ。不快にさせたこと、心から申し訳なかった」

あんなに頭のなかでくり返していたのに、いざ本人を前にすると支離滅裂になってしまう。やっぱり本番に弱い。

しばらく沈黙したあと、丸吉はなにかを断ち切るように、缶ビールを飲み干した。

「頭上げて。今更いいからさ。もう僕の方も、東京に憧れる気持ちは消えたし。強がりじゃなくてね。この町で家族とおだやかに暮らしていける幸せを感じてる。それに今は観光課の仕事を通して、この町の魅力と可能性を改めて理解してるんだ」

偽り(いつわ)のない響きだったので、山田はひとまず安心した。

「そっか……よかったよ、丸ちゃんが幸せで、本当に」

「ありがとう。それに灯台のプロジェクトでは、峰松さんみたいに信念ある元灯台守や海の安全を守ってくれる人と知り合って、やりがいを持てるようになってきたんだ。とくに峰松さんと出会ったことは大きいよ」

「立派な方だもんな。少し話を聞いただけでも、そう思った」

ああ、と言って丸吉は渋い表情を浮かべた。

「灯台って、保存すべきだとか使いつづけるべきだとかって、当事者じゃない人ほど簡単に主張するんだ。でも峰松さんはその苛酷さを誰よりも分かっているからこそ、軽はずみな意見を表立っては出さないんだ。なにかを声高(こわだか)に叫ぶんじゃなくて、黙々と自分の役割を果たしていくだけでさ。ああいう生き様を見ていると、僕も見習わなくちゃなって思うよ」

丸吉は一息置いて、なにかを決意するように肯くと、こうつづけた。

「だからさ、山ちゃんもいろいろあると思うけど、東京で頑張ってよ。僕は僕で、この町で頑張るからさ」

山田が握りしめていた缶ビールは、気づけばとうに冷たさを失っていた。

東京に戻ってからも、山田と円花は灯台に関して取材をつづけた。神子元島灯台の歴史と、その光を絶やさなかった灯台守を中心に、日本の灯台が今置かれている状況について問題提起し、歴史的価値を訴える文章を仕上げた。

取材によって、灯台守という仕事がこれまで正しく理解されてこなかったこと、文明開化の象徴として灯台が建てられた背景にフランスや英国の技師たちの努力があったこと、多くの灯台が活用されずに今後壊される可能性があり、絶滅の危機を迎えていることを実感した。

「単なる灯台守の半生記になってる気もせんでもないな」

原稿を見せると、深沢デスクからはいつも通り、鋭い批評を浴びせられた。

「もぅ！　このおじさんの後世に語りつがれるべき〈技〉が分かんないのっ」

声高(こわだか)に抗議する円花をなだめたあと、深沢デスクは山田に向き直った。

「山田って、下田出身なんだっけ？」

デスクの声色が冷静だったので、否定的なことを言われる気がして身構える。

「すみません、ちょっと個人的な内容だったかもしれません」

「いや、自分にとって切実な問題を扱うことも、時には重要だよ。どうしてそれをおまえが調べるんだっていう記事よりも、少しでも書き手に接点のある問題を扱った方が読者に訴えかける力が強くなるときも往々にしてある。原点に立ち返れたのは、今回よかった点かもしれないな」

思いがけない指摘に、ハッとして顔を上げる。

しかし褒められることに慣れていない山田は、つい自ら反省点を探してしまう。

「ありがとうございます。ただ、今回の取材先で反省したのは、単に取材対象のために記事を書くという姿勢じゃいけないなって……今まで僕は、その辺りをよく考えずに仕事をしてきたように思います」

なるほどな、と深沢デスクは山田の目を覗きこんだあと、原稿をぽんと机に置いた。

「取材対象者のためというよりも、記事を書いて救われるすべての人のために、記者は存在するんじゃないか。だから俺たちは、報じなければ困る人がいることを報じる。それが記者の役割だ。真実を暴くことや人の悪事を晒すことだって、裏を返せば、報じることで助かる人がいるからだろう？　もちろん、正義のあり方や救う相手の選択は、個人の考え方に委ねられるがな。そういう意味では、今回の記事はひとつの正解だよ」

深沢デスクは滅多に教訓じみた話をしないので、となりに立っている円花も目を見開いて聞き入っている。

「話は終わりだよ」と深沢デスクは手を翻した。

「頑張ります」

原稿を手にとり、山田は円花とともに自席に戻る。

天上吊りになった複数のテレビモニターでは、お昼のニュースが流れていた。ゲラを校正している者もいれば、画像について話しあう者もいる。オフィスをぐるりと見回しながら、約半年前に円花とコンビで連載を任されたときとは、見えている世界がどこか違っている気がした。

そしてあのとき、深沢デスクから指摘されたことが頭をよぎる。若い記者に必要なのはなによりも熱意の込もった企画である、と諭されたときの自分は、記者としての存在意義について考えたこともなかった。

深呼吸をして背筋を伸ばすと、山田はパソコンを立ちあげた。

記事が無事に掲載されると、少なくない灯台ファンや灯台を管理する非営利団体から、あたたかいメッセージがいくつか寄せられ、山田は嬉しく受けとめた。なにより、丸吉からも改めてラインが届いたことには感激した。

そこには、記事を読んだという地元の篤志家（とくしか）から、丸吉が関わっている灯台を保全するプロジェクトに、寄付金の申し出があった旨が記されていた。また一緒に届いた写真には、笑顔のもこちゃんがあるものを指さしてうつっていた。神子元島灯台の写真入りで掲載された、日陽新聞の記事をラミネート加工したものである。

娘もいずれこの町を出ていくだろうと彼は言っていた。たとえそうなったとしても、下田の風土に慣れ親しんだ娘がいずれ次の世代として、どこにいても地元の文化を誇ってくれるように思えて、山田は頼もしくなる。円花に写真を見せると「こういうとき、記者をやってよかったって思うよね」としみじみ言われた。

「こういうときって？」

「ほら、よく飲みにいく〈さんまの味〉の人たちも、地元の釣り人に愛されてきたお店だっていう日陽新聞に掲載された十年以上も前の記事を、今も大切に壁に貼ってくれてるでしょう？　私はああいうのを見ると、頑張らなくちゃって思うんだ。報じなければ困る人がいることを報じるのが記者の役割、か。さすが深っちゃん、いいこと言うよね。私もこれからはそれを信条にしようっと」

「君って軽いな、やっぱり」

そうツッコミながらも、円花はすでに哲学を持って仕事してきたのだと思った。そして今まで不特定多数に向かって、闇雲に記事を書いてばかりいた自分を省みる。虚栄心もまだあることは否めない。けれども今回の記事では、その向こうにいる人たちの体温を感じられたという手応えが、ほんの少しだけあった。そんな記事を一本でも多く書いていきたい。入社して八年も経ったが、ようやく目標を発見していた。

ただしそれは文化部が存続できれば、という前提の話だった。

東京に戻ってから、山田は涼しくなりつつある東京湾沿いの社内の釣り場を、帰宅する前に必ず覗くようにしていた。下田では釣りをする暇もなかったので不完全燃焼に陥っているという理由もあるし、例のオジジ釣り師の正体が気になっていたからだ。

ようやくその姿を発見したのは、月の明るい晴れた夜だった。先輩から代々受け継がれたものの、今や山田しか活用していない例の〈ツレル・パターン〉によれば、絶好の釣り日和でもあった。

謎のオジジは相変わらず一人きりで、静かな海に釣り糸を垂らしていた。

それにしても、部外者を何度も私有地に入れているとは、日陽新聞社の警備は甘すぎではないか。

そんなことを考えながら、その姿を証拠写真におさめようと試みるが、相手は海に向かっているので、うしろ姿しか撮れない。そもそもスマホでシャッターを押せば音が出るし、暗闇なので距離があるとボケてしまう。

作戦ミスに歯がゆく思っていると、山田が立っている場所とは反対側の方から、何人かのスーツ姿の社員たちがオジジの方に向かって歩いてきた。勝手に立ち入っている部外者に注意をしにきたのだろうか。ひとまずその様子を見守っていると、スーツ姿の社員たちは思いがけない行動をとった。

「本社にお出でになっていたとは、ご挨拶が遅れまして申し訳ございません！」

一人がそう言い、一斉に頭を下げたのである。

山田とは距離があるのですべては聞こえないが、風貌からして、スーツ姿の社員たちは管理職ほどの年齢に見えた。呆気にとられている山田の前で、彼らはぺこぺこと頭を下げながら、耳を疑うようなやりとりをつづける。

「いえいえ、いいんですよ。いつも来て……いえ、今日はただ、釣れそうだからここに来ただけで。みなさん、仕事に戻ってください」

「はぁ……では、われわれは失礼しますが、車を手配させますので、お帰りの際は遠慮なくお声がけください」

どど、どういうことだろう。物陰に隠れた山田の傍らを通るとき、「会社がたいへんな時期に釣りだなんて」「実質的にうちの経営には関わっていないからな」「それにしても社主はなにを考えているんだか」などという声が聞こえてきた。

社主？　え、あのオジジが。血の気が引いた山田は、即座にスマホで日陽新聞社のホームページをひらく。しかし社主の「中尾誠一」という名は載っていても、顔写真が見つからない。そこで「日陽新聞　社主」と検索をかけてみると、何枚かヒットしたのは着物姿の初老男性だった。

よく見れば、あのオジジに似ていなくもない。

すぐさまラインをひらいて、円花に〈ストーカーの件だけど〉と打ちかけて止め、〈君のおじいさんと親交があった日陽新聞の人って、まさか中尾社主じゃないだろうな？〉と書き直す。

しかし返事を受けとる前から、山田の疑問は確信に変わっていた。

いくつもの点で腑に落ちる。なぜ私有地にいとも簡単に入りこめていたのか。はじめてここで会ったとき、初対面ではない気がしたけれど、社主として最終面接に立ち会っていたからではないか。円花も飲み会で話していた。雨柳民男と仲の良かった日陽新聞の知り合いと入社試験の面接で会ったときに、敬語を使うように咎められた、と。

数十秒後に円花から返事があった。彼女はつねにスマホを握りしめているのではないかと疑うほど、やたらと返事が早い。

〈そうそう、中尾のおっちゃんだよ。なんで？〉

やっぱりストーカーじゃなかった、自分の大バカ野郎！　早とちりというか、あまりの不注意さと驚きで眩暈（めまい）がした。思わず近くの廃材に手をかける。その瞬間、大きな音とともにガラガラと崩れた。慌てて直しながらふり返ると、オジジ――いや、中尾社主がこちらを見ていた。

「おや、あなたは。また会いましたね」

その顔はほがらかに笑っていた。

これはまずい。まずすぎる。とにかく早く謝った方がいいだろう。なんせ日陽新聞社の雲の上のまた上の上の存在と、何度も顔を合わせていたのに一切気がつかなかったのだ。しかもタメロをきいて〝おじいちゃん〟呼ばわりしたうえに、挙げ句本人は知らないとはいえストーカー扱いしてしまったなんて。

すぐさま駆け寄り、勢いよく頭を下げた。

「しし、知らなかったとはいえ、これまで無礼な態度をとってしまい、誠に申し訳ございませんでした！　私は文化部記者の、山田文明と申します。中尾社主だと気がつかず、生意気な態度をとってしまい――」

「まさかとは思ったけど、本当に分かっていなかったんだね。実を言うと、私は君のことを憶えていましたよ。最終面接で一生懸命に釣りのことを話していたフレッシュな君を推したのは、他でもない私だったんだから」

山田は小さな声で「そ、そうだったんですね」と答えるのが精一杯で、情けなさと恥ずかしさと緊張で顔も見られない。

「山田くん、ここに釣りにくるタイミングは、ひょっとして先輩から教わったデータに従って選んでいなかった？」

思わず顔を上げた山田は、にやりと笑う中尾の表情を見て、やっと気がついた。

「あのデータって」

「そう、私が記録をとって、後輩に伝えたものなんですよ」

つまり中尾とここで何度も鉢合わせしていたのは、単なる偶然ではなく同じ〈ツレル・パターン〉というデータに則(のっと)っていたからだった。ＯＢから受け継がれているとは聞いていたが、まさかその大元が今や社主になっている人だとは想像もしなかった。

今すぐ東京湾に飛びこんでしまいたい気分になっている山田に、中尾はこれまでと変わらない態度で、クーラーボックスから缶ビールを取りだした。

「一杯どうです？」

おいおい、自然に差し出されたが、社主から缶ビールを頂戴(ちょうだい)するなんて失礼に値しないだろうか。いや逆に、受けとらない方が無礼だな。違う違う、こちらが差しだすのが本来では？　あまりの急展開に頭が追いついていかない。落ち着け、自分！

「ありがたく、ちょ、頂戴します」

「汗がすごいですけど、大丈夫ですか？　今夜は涼しいのに」

「まったく問題ありません」

滝汗を拭(ぬぐ)いながら、缶ビールを開けて飲む。

「いい飲みっぷりですね。このあいだよりもずっといい」

嫌味なのか、ただ褒めてくれているのか、腹のうちが分からない人だ。ともあれ、アルコールのおかげで少しは気分も落ち着いてきた。中尾はふたたび釣りを再開させ、山田はその様子を見守るが、ある考えがふと頭をよぎった。

「あの！　中尾社主に折り入って相談したいことがあるんです」

山田は自分だけでなく、現在文化部の社員たちを不安がらせている重大な問題について、意を決して話すことにした。

「相談？」

「ええ、買収の件です」

「まだ正式に発表していないのに、やはり社内では噂になっていますか」

「買収にともなって文化部の存続が危ぶまれているという噂も流れています。でもそんなことをしたら、ますます日陽新聞の存在意義が問われるはずです。文化部はその性格上、他の部に比べれば、派手なスクープを飛ばすことは少ないですが、今の世の中に絶対に必要なことを報じていると思います。最近の文化面は充実していると読者からの反応もよくなっていますし、どうか文化部消滅という危機を阻止していただけませんか？」

熱く訴える山田を、社主は面食らったように黙って眺めていた。

「いやはや、そんなことを急に言われてもねぇ」

手応えのなさに拍子抜けしつつも、諦めるものかと食い下がる。

社主は筆頭株主でもあり、中尾が持ち株を手放さずにいれば、買収も防げるはずだ。

「じつは僕、雨柳円花とコンビで連載を担当してるんです。けっこう評判もよくて、ご存じかもしれませんが、先日は久しぶりに一面を飾ることもできました。雨柳さんははじめコネ入社じゃないかと噂されてもいましたが、今では優秀な記者だと専(もっぱ)らです。でも文化部がなくなれば、彼女を手放すことになります」

「漱石の記事はよかったですね。しかし仮に買収されたとしても、文化部の社員を解雇すると決まったわけじゃない。他の部にうつってもらうとか、新しい経営陣ともいろいろと協議はしていますよ」

中尾が噂を否定しないことに動揺しながらも、山田は意外なほど粘り強く嘆願する。

「雨柳さんは文化部がなくなったら辞めてしまいます」

中尾は肩をすくめると、息を吐いて海を眺めた。

「はてさて、君の気持ちはよぉく分かりましたが、もう私は引退したつもりでいるんです。せめて雇用だけは守ろうと、ここまでやってきましたけどね。円花くんには私からも話をしておきますよ」

そんな適当にはぐらかされるとは。先ほどの社員も愚痴をもらしていたが、社主という立場でありながら、今のような会社の一大事にしょっちゅう釣りをしている時点で無責任すぎる。

　そんな不安が顔に出たのだろう。こちらを見つめていた社主が「君はまだ若いので焦る気持ちも分かります。でも難局では泰然と傍観するというのも重要な戦略ですよ。釣りも同じでしょう。太公望（たいこうぼう）の君なら分かるはずだ」とほほ笑んだ。

「しかし」

「とりあえず、見ていたまえ」

　山田がそれ以上なにか言うのを制するように手を向けたあと、中尾はふたたびルアーを海に投じた。会話をつづける気はなさそうなので、諦めてその場を離れる。歩きながらスマホを確認すると、円花から〈ひょっとして、中尾のおっちゃんをストーカーと勘違いしたんじゃないだろうね？　おっちょこちょいの山田でも、さすがにそれはないか〉というメッセージが届いていた。恥ずかしいことに、ひょっとしての通りだった。

第五回
円空
ENKU

となりの円花のデスクは、いつも散らかっている。

空のペットボトルは片づけられず、メモやペンといった文房具もぐちゃぐちゃと出しっぱなしである。また電車の模型、謎のお面、古い切手など、仕事に関係なさそうなガラクタも多い。山田が一度それを指摘すると、手元に置くことでモチベーションが上がるのだから、れっきとした仕事道具だと反論された。

そんな円花は今、十センチにも満たない小さな木彫りの置物を握りしめ、なにやらぶつぶつと呟いている。目下締め切りに追われている展評（てんぴょう）の原稿はどうなったのか。山田はパソコンから目を離さずに声をかける。

「それ、新しいコレクション？　そういえば、昔うちにいた愛犬も、庭で木っ端（こっぱ）や石ころをせっせと集めてたな」

「もうっ、ワンちゃんの習性と一緒にするなんて失礼な人だね！　これは私がつくった世界にひとつしかない木彫りの仏さまだよ。先週末に記事のヒントになるかと思って、博物館でこういう自分だけの仏像をつくれるイベントに参加してきたんだ。面白いアイデアが下りてくるのを待っててさ」

「へぇ、芸術の秋だもんな」

気のない返事をすると、円花に顔を覗きこまれた。

「なになに、浮かない顔してさ？　十月は大規模な展覧会もはじまるし、番組改編期でもあるんだから、落ち込んでる暇なんてないよ」

　君が言うかねと内心ツッコミながら、山田はパソコンの画面から目を離した。

「相変わらず元気でいいよな。さっきの会議で小杉部長からあんな告知を受けたばっかりなのにさ」

　今から三十分ほど前、文化部内の定例会議の終わりに、とつぜん小杉部長から発表があった。日陽新聞社がＵｕＲＬ（ウール）社に買収されることが正式に決まったという。現在は両社のあいだで人事の方針について検討がなされている。ついては方針が定まり次第、全社通達がなされるので、近いうちに人事部からメールで送られてくる詳細に目を通すようにとのことだった。

　数日前、情報通の星野から立ち話で聞いたところによると、どこまでＵｕＲＬ社が編集方針に口を出すのかは、実際にまだ決まっていないという。日陽新聞社側は、たとえ子会社化しても新聞社としてのプライドをかけて、紙面の内容に関しては死守したい。一方ＵｕＲＬ社は、販売戦略だけでなく人事や記事の中身についても口出ししたいと強硬な姿勢を崩さないのだとか。

　すると円花は真面目な顔でこう返す。

「もちろん聞いてたよ。部長なんか、お葬式に参列してるみたいな顔してさ。でもまだ詳しいことが発表されたわけじゃないんでしょ」

「それはそうだけど、最悪の場合、文化部が消滅することもあり得るんだぞ。たとえ形式的には存続できたとしても、人員削減があったりUuRL社の意に添った企画しか通らなくなったりさ。メンバーも編集方針も変わってしまうなら、もはや別の組織になると思わないか？」

　底抜けの楽観主義者とはいえ、円花もさすがに戸惑いの表情を浮かべる。

「なにさ、山田まで脅すようなこと言って」

「脅しじゃなくて、現実的に心配してるんだ」

　すると深呼吸をして、顔を寄せてきた。

「あのね、まだ起こってもいない『最悪の場合』を心配しても、なんにもいいことなんてないんだよ。恐怖とか不信感とかってただただ人を縮こまらせて、冷静な判断をできなくさせるだけなんだから。どーんと構えなきゃ、どーんと」と拳を手のひらで叩く。

「まぁな……君の言う通りかもしれないけど」

「そうだよ。あ、不安を抱えた山田には、仏さまを貸してあげよう」

　無理やりに持たせられたが、握っていると不思議と心が落ち着いた。

たしかに最悪の場合ばかり考えても仕方ない。

事実、報道業界の買収例を少し調べたところ、株の譲渡だけにとどまり、発信する内容や記者や経営陣の配置はそのままという結果に収まった例もあるようだ。編集方針や人員だけは、なんとか現状維持できないだろうか。そう期待しながらも、先日釣り場で出会った社主の反応を思い出す。

——はてさて、君の気持ちはよぉく分かりましたが……。

ストーカー疑惑さえあった謎のオジジ釣り師——まさかその正体が、中尾社主だったなんて。全国紙の社主なのに一平社員にフレンドリーに接してくれていたことには驚かされたが、意を決した直談判(じかだんぱん)は、やっぱりまともに相手にしてもらえなかった。それどころか社主の口調には、買収されることになったのは私の責任ではない、だから私にはなにもできないと最初から冷めたニュアンスさえあった。あの人がUuRL社に難しい交渉を持ちかける姿など、とても想像できない。

イマイチ仕事に集中できずにいると、「山田と雨柳、ちょっと話が」と深沢デスクから呼びだされた。いやな予感は的中し、円花とこの半年間取りくんできた連載〈ジャポニスム謎調査〉は、つぎで最終回になるという。あっさりと打ち切りを通達され、円花は動揺を隠さずに反発する。

「どうしてさ？　読者からの反応も悪くなかったんでしょ」

「さっきの会議で部長の話を聞いてなかったのか？　仕方ないんだよ。あのあと編集会議の場でも、文化部のどの連載も最終回とするように指示があったんだ。文化面がどうなるか分からない状況で、読者のためにも中途半端ではなく、きちんと終了させておく必要があるだろう」

「深っちゃんまでそんなこと言って」

頭を抱える円花から、深沢デスクは目を逸らす。

「仕方ないだろ。俺たちはどうせ雇われ記者の身、組織の人間なんだ。となれば、上層部の方針に従うしかないじゃないか。今更くつがえせるわけがない」

「でもまだ文化面がなくなるって決まったわけじゃないし。っていうか、山田も黙ってないで言い返してごらんなよ、ほら！」

「いや……ことの深刻さを踏まえれば、仕方ないんじゃないかな」

円花は絶句したあと、それ以上は抵抗もせずに、黙って自分の席に戻っていく。さっきまでの彼女ならば「それなら新しい連載の企画書を出すもんね」などと諦めの悪さを見せただろうが、席に戻るうしろ姿はしょんぼりと肩を落としている。

山田はもやもやした気持ちを切り替えるために、社内の売店に向かった。昼飯用のカップラーメンを買うついでに、円花が最近はまっているらしい〈丼ブリ☆プリン〉が棚に並んでいたので、それもレジに持っていく。

オフィスに戻ると、円花はパソコンに向かっていた。先輩らしく「お土産だぞ」と声をかけるが、パソコン画面には転職サイトが堂々と表示されているではないか。

「マジでっ、切り替え早すぎ!」

「だってさ」とキーボードから手を離し、円花は周囲を窺って声をひそめる。「まだなくなったわけでもないのに、みんな無難に今の仕事を終わらせる話ばっかりで受け身すぎなんだもん。へなちょこに囲まれていたら私までへなちょこになる。文化部がなくなる以前に、こんなところじゃ頑張れないよ」

円花は、深沢デスクや部長たちの消極的な態度に、真剣に怒っているらしい。この勢いならば、今すぐ退職願を提出しかねない。そして円花のことだから、案外すぐに転職先が見つかったりして。さっき項垂れていたのだって、文化部がなくなるのが悲しいというよりも、山田を含める文化部員たちに失望していたのか。

「悪かったよ、君の言った通りだ」

「なにがさ」

「俺たちの仕事は終わってない」

「やっと分かった? 連載だって、まだ最低一回チャンスはあるわけ。今更どうあがいても結果は変わらないかもしれないけど、楽しみにしてくれている読者のためにも最高のフィナーレを飾らなくちゃ」

「そうだな、反省したよ」

山田が頭を下げると、円花は満足したように転職サイトのページを閉じて、レジ袋をひったくった。

「〈丼ブリ☆プリン〉に免じて許してあげる。さっそくだけど、つぎのテーマはなんにしよう？」

ほっと胸を撫でおろしつつ「たとえばだけど、今度こそ雨柳民男さんに関係する記事はどうだろうか。このあいだ読んだ『お〜い、道祖神』も面白かったし、道祖神とかもアリじゃないかな」と提案する。

円花は仏像をふたたび手にとると、勢いよく背もたれに身を預けた。

「面白いテーマではあるけど、なんかピンと来ないな。そういえば、週末に参加してきた仏像づくりのイベントは満員だったよ。博物館の人に訊いたら、予約を開始した先から埋まっていくんだって。空前の仏像ブームかもしれないね」

「そんなに人気が高まってるんだな。そういえば俺もこのあいだ、死後の世界に救いを求める人が増えているっていう記事を手伝ったばかりだよ。熱心な仏教徒じゃなくても、ただ仏さまに癒やされたいっていうカジュアルな気持ちの人もいれば、大切な人が亡くなってもまた再会できると信じたい人もいるのかもな。現代的な信仰のかたちってわけか」

「死生観か……あっ、それなら円空なんてどうかな」

円花はパチンと指を鳴らして、山田の方を見やった。

「江戸時代の仏師だっけ」

曖昧な知識をたどりながら、山田は検索をかけた。木彫りの仏像の画像がたくさんヒットする。彫刻刀の跡をそのまま残したような、ギザギザした身体つきが特徴的である。切れ長の目を持つ憤怒の表情をした仏像もいるが、どれも一様にほほ笑んでいて、神聖さよりもユーモアの方を強く感じる。

「円空のすごいところは、その作品の数でもあってね。なんせ一人きりで全国を行脚しながら、生涯で十二万体におよぶともされる神仏像を彫ったんだから。実際、今も日本あちこちに五千体以上残ってるんだよ」

「とても一人でつくれる量とは思えないな」

「でしょ？　たとえ一ヶ所に留まっていても、そんなにつくれないよね。しかも電車もバスもない時代に身ひとつで日本中を旅するなんて想像もできなくない？　でも円空はそういう誓いを立てたんだって」

いつもの調子に戻った円花に、「そうだな」と相槌を打つ。

円空は山伏――山中で修行する修験道の僧侶でもあり、自然災害や疫病の流行が起こった土地で、傷ついた人々のために祈りをこめて自作の仏像を彫ったという。死後の世界に救いを求める世の中、という記事で読んだことにも通じる。

ただし、円空のファンは海外にも多いが、円空のことが広く世に知られるようになったのは戦後のことらしい。長らくアウトサイダーと見做され、止利仏師や運慶快慶に比べればアカデミックな研究の対象になっていなかった。やっと最近になって、その独特のユーモアあふれる造形から、芸術家として高く評価されている。

そのことを指摘すると、円花は大きく肯いた。

「じつはね、私のおじいちゃんって晩年、円空の研究に没頭してたんだ。全国のお寺を巡ったり古い資料を集めたりして。でも研究もなかばで病気が見つかって、論考を完成させる前に亡くなっちゃったから、世間的にはあまり知られてなくてさ。本人も無念だったんじゃないかな」

そこまで言うと、思い出すところがあったのか、ぼんやりと遠くを見た。

「聞けば聞くほどぴったりのテーマじゃないか。前回は俺関係の題材だったから今度は君の番だったし。最初の頃は民男さんの孫だっていう君のことを羨ましいとか、コネ入社だろうとか斜めから捉えていたけど、今はそれほど素晴らしいネタはないって思うよ」

「あのねぇ、何度も言うけど、私はコネなんか使ってなくて、ちゃんと筆記試験も面接も合格点だったんですからね。ズルなんてしてませんからね」と、コネ入社という言葉に敏感な円花は強く反論する。

「分かった分かった。とにかく円空と民男さんの関係は、民男さんの身内である君だからこそ知っていた特ダネだし、記事にして民男さんの無念を晴らそう。仏像ブームが起こってるなら尚更、今それをやる意味があるよ」

「じゃ、今度おじいちゃんの資料を見に実家にくる？」

「じ、実家？」

予想もしない展開に、声が裏返る。

「資料が大量にあるはずだから。私も最近忙しくて帰れてなかったし、両親の様子も見られてちょうどいいや」

付き合ってもいない女性の両親に会うなんて。いや、考えすぎてはいけない。これはあくまで仕事であり、なにも躊躇する必要はない。

「分かった、お邪魔するよ。いつがいい？」

ちょっと待ってね、とスケジュール帳をひらいている円花の傍らで、山田は内心わくわくが抑えられない。おそらく父親が民男の子どもなのだろうが、円花と同じく文化芸術に造詣が深いのか。こんな天衣無縫な娘を育てたなんて、どんな人なのだろう。あくまで仕事と冷静に言い聞かせつつ、円花の生まれ育った環境をのぞけることが楽しみで仕方のない自分にハッと気がつくのだった。

*

円花の実家は、鎌倉市の山沿いに位置する住宅街の外れにあった。もとは昭和の実業家が別荘として建てた洋風の古民家だという。

雨柳民男は、若い頃から大学教員として民俗学の研究をつづけていたが、四十代前半で刊行した、日本各地の土着文化について論じた初の著作『ステキな土着』をはじめ、『おーい、道祖神』などの旅行記がベストセラーになった。その頃の民男が気に入って購入し、親しくしていた建築家にリフォームしてもらった終の棲家が、円花の実家である古民家らしい。

じつは山田は高校生時代、雨柳民男を取材したドキュメンタリー番組をテレビで見たことがあった。大学で要職を歴任し、学術書からエッセイまで数々の本を出版している「民俗学の巨人」が、森に囲まれたレトロな自宅の書斎で仕事をしたり、弟子たちと愉快そうにおしゃべりしたりする様子が放送されていた。まさか将来その家を訪問することになるとは、人生なにがあるか分からない。

手土産の選定にもいつも以上に気合が入り、デパ地下や菓子店をはしごして半日も費やしてしまったほどだった。もう民男は亡くなっているとはいえ、著名な文化人が暮らしていた自宅に行くのだから、下手なものは持参できない。いや、気合の理由はそれだけでもないか。

「あそこの角を曲がったらうちだよ」

近くに山が迫り、通りの脇に小川が流れていた。一足早く紅葉した木々に隠れるようにして、二階建ての洋館ふうの家が立っている。庭にはたくさんの植物が育てられているサンルームがあって、屋根から風見鶏が見下ろす。

「ずいぶんと立派な家だな」

「そうでしょ。おじいちゃんが亡くなってから、半分くらい土地を売っちゃったんだけどね」

説明しながら呼び鈴を鳴らすこともなく、円花は「ただいま」とドアを開けた。外観は洋館風だが、内装は広々とした和風住宅だった。玄関には大きな水槽が置かれ、熱帯魚が泳いでいる。かわいいエンゼルフィッシュだなと目を細めていると、六十代前半らしき女性が顔を出した。

「あら、円花ちゃんじゃない。おかえりなさい」

背が高くて優しそうな日本的な顔立ちの女性だ。円花は小柄で気が強そうなはっきりした目鼻立ちなので似てはいないが、年齢的に母親と判断していいだろう。というか母親以外に誰だというのだ。山田は勢いよく頭を下げて挨拶する。

「本日はお邪魔いたします！ 私はお嬢さんの同僚で、日陽新聞社文化部の山田文明と申します。いつも大変お世話になっております」

「なに言ってんのさ、山田ってば」

となりに立っていた円花が笑いだしたので、山田は「え？」と呆気にとられる。するとうしろからパタパタと足音がして、背の高い女性と同世代の、エプロン姿の小柄な女性が現れた。

「円花、来てたの？」

ショートカットで、二重の目や少し上向きの鼻の形などに見憶えがある。なにより明るく潑溂（はつらつ）とした雰囲気は、円花そっくりだった。

「ちょうどよかった。料理教室が終わったところでね」

説明する女性のうしろから、中年の集団がゾロゾロと現れ、「円花ちゃん、久しぶりだね」などと挨拶しながら靴を履いて出ていく。山田は熱帯魚に気をとられるあまり、玄関にずらりと並んだ靴を見逃していたのだった。

最後に、人違いをしてしまったご婦人が山田に向かって「円花ちゃんのお母さんはあちらの淑子（よしこ）さんね」と笑顔を残して去っていった。

居間の窓からは秋の山が望め、観光地とは打って変わって静かな環境だった。客間の奥に置かれていた仏壇には、親しげにほほ笑む民男の遺影が飾られていた。山田は円花につづいて手を合わせたあと、淑子に手土産を渡す。礼を述べてさっそく仏壇に供えると、淑子は手づくりの焼き菓子と紅茶をふるまってくれた。

お茶をしながら、淑子から一家について話を聞く。

淑子は民男の末娘として、民男とこの家に移り住んだ。予想に反して婿養子らしい円花の父は「普通のサラリーマン」だといい、この日は仕事で不在だったが、淑子が料理教室をひらいていることもあって、毎日のように誰かしらが出入りするらしい。

「自分で言うのもなんですけど、私って甘やかされて育ったんですよ。自由にのびのびとなんでもさせてもらってね。今もこんなふうに好きなことして暮らしてるわけですけど、わがままなところは円花が似ちゃったかもしれませんね」

「ちょっと待った！　淑子の方がお嬢さまでしょ。うちはサラリーマン家庭だったし、私はこう見えて、新聞社勤務の記者として苦労してるんだよ」

円花は母のことを「淑子」と下の名前で呼んだ。といっても、年上なのに初対面から苗字で呼び捨てにされてきた山田はさほど驚かない。よく考えれば民男のことだけは「おじいちゃん」と呼んでいるので、やはり特別な存在なのだろうか。

早くに妻を亡くした民男のサポートをするために、淑子は結婚したあとも民男と同居しつづけた。民男には何人もの孫があるが、とりわけ一緒に暮らしていた円花を溺愛したという。

「もうすごかったんですよ。私たちが子どものときは育児に消極的だったらしいのに、円花のときはオシメも替えたし、可愛い孫を自慢するために知り合いをわざわざ家に呼んだりもしてました。忙しくて家を空けることの多い人でしたけど、円花を調査旅行に同行させたこともあって、この子は父の分身みたいになっちゃったんです」

「そのために学校も休ませて、今から思えば無茶苦茶なオジジだよ」

円花はなつかしそうに笑った。

淑子は円花のことを、自分がしてもらったように、型にはめないように育ててきたという。円花がやりたいと言ったことは決して反対せず、できる限り応援してきた。周囲まで晴れやかにさせる高気圧のような性格になったのは、そういう環境で育ったからなのだなと山田は妙に納得してしまう。

話の途中で、呼び鈴が鳴った。

「はいはーい。私が出るね」

円花は椅子から立ちあがり、席を外した。山田は急に緊張してしまう。淑子さんと二人きりになるなんて。単なる同僚の親であれば、これほど緊張はしないだろう。実家を訪れて、円花へのときめきを改めて自覚してしまったせいだった。もはや淑子さんは、自分が惹かれている相手の親だった。

「や、焼き菓子も紅茶も、とても美味しいです」

とりあえず沈黙を埋める。

「それはよかったです。あの、こんなことを訊くのも不躾かもしれませんが、うちの娘は会社でご迷惑をかけていないでしょうか？」

「え？　迷惑だなんて、まったく」

「本当でしょうか。さっきはわがままと申しましたけど、あの子って、親の私が言うのもなんですが、自由奔放というか常識外でしょう？　山田さんのことも先輩なのに呼び捨てにしているみたいですし、孤立してないといいんですが」

淑子は娘を案じているのだ。山田は大きくかぶりを振った。

「孤立どころか、円花さんがオフィスにいると雰囲気がよくなるくらいです。慣れないうちは面食らう場面もありましたが、一生懸命さが伝わってきて僕も勉強になります。それに彼女ほど周囲を気遣っている人もいないと思いますよ。僕はとなりの席なんですが、原稿に行き詰まっていると、さり気なくお菓子をくれたり『怖い顔してたら老けるよ！』みたいに励ましてくれたりするので」

淑子はほっとしたように息を吐くと、「老けるなんて、また失礼な励まし方で冷や冷やしますが、山田さんみたいな先輩がいてよかったです。ああ見えて、円花もいろいろあったものですから」と遠くを見た。

「いろいろ？」

「娘は高校時代に不登校になったんですよ。中学までは友人も多くて楽しそうだったのに、知ってる子が一人もいない私立の高校ではあの性格を受けいれてもらえなかったみたいで。ただ、家では変わらず明るかったんです」

円花と不登校が結びつかず、「そうなんですか」と答える。

「父はもう病気を患っていて、病院と自宅を行ったり来たりでした。私も父の世話で大変なうえ、日陽新聞の中尾さんをはじめ、お見舞いに来てくださる人も多かったですし、娘の秘めた苦悩を察する余裕がありませんでした。本人もなにも話してくれなかったから、対処するのが遅くなってしまって」

「きっと心配をかけたくなかったんでしょうね」

自己中心的に思えて、じつは周囲をよく見ているやつだ。もっと言えば、人を陽気にこそすれ、悲しくさせるようなことは絶対にしない。想像はつく。

「そうかもしれません。ある夜、父がとつぜん円花を呼びだしましてね。おまえはそのままでいいんだ、おじいちゃんはそんなおまえが大好きだって励ますと、円花ったら子どもみたいに号泣しちゃって。結局、高校には戻らなくて大検をとって大学に入りました。ただ、そのとき父は亡くなっていて、大学に入れたことも新聞社に入社できたことも、ご霊前にしか報告できなかったんですよね。だから円花には病気のおじいちゃんに心配をかけたうえに、安心させられなかったっていう罪悪感が、今もあるんじゃないかしらね」

しんみりと感じ入っていると、円花が段ボール箱を抱えて戻ってきた。

「お隣さんが大量の梨をおすそ分けしてくれたよ。久しぶりだったから、つい話しこんじゃった」

「もうお帰りになった？　うちにも余ってるお菓子があったんだけど」

などと淑子とやりとりをしたあと、円花は「じゃ、そろそろおじいちゃんの資料を見にいこうか。のんびりしてると日が暮れちゃうしね」と手招きした。山田はもう少し円花の過去について聞きたかったが、淑子に礼を伝えて立ちあがった。

民男が書斎として使っていたという、南向きの部屋は今では本を主とした物置になっていた。とはいえ机や椅子といった家具はそのままらしく掃除も行き届いているので、まるで先日まで民男が仕事をしていたかのように思えた。

「おじいちゃん所蔵の書籍や集めていた民芸品は、学長を務めていた大学や晩年お世話になった医療施設にほとんど寄付したんだけど、未発表の原稿やメモの他、個人的な資料はまだ保管してるんだよね」

円花は説明をしながら、押し入れに仕舞われていた段ボール箱や、本棚に並んでいた「円空」という背表紙のついたファイルやアルバムを、来客用のローデスクに次々と重ねていく。どうやら以前にも民男の資料を参照したことがあるらしく、どこになにがあるのかを完全に把握しているようだ。段ボール箱の中身を確認していると、円花が一冊のファイルを持ってローデスクの前に腰を下ろした。

「見て見て、これなんか、おじいちゃんの東海地方での調査の写真だよ。中学生だった私も連れていってもらったんだよね。しかも中尾のおっちゃんも一緒だったはず。あのときは楽しかったな」

江戸初期、美濃国(みののくに)に生まれた円空は、北は北海道、南は近畿に至るまで、各地の山々を行脚しながら仏像を残し、大部分がとくに東海地方に残っている。

アルバムには、書籍の一部や新聞記事のコピーがはさまっている他、何枚もの写真が透明のシートにおさめられていた。たとえば、円空の故郷であり、即身仏として入定(にゅうじょう)した地でもあるのどかな長良川(ながらがわ)や白山(はくさん)の山並み。雪の積もった白山は神々しく、山頂からの眺めは雲の上にいるようだ。

「白山を美濃方面から登ったのは楽しかったな」

今の岐阜県、石川県、福井県にまたがる白山は、古くから霊峰として信仰の対象や修行の場とされてきた。今よりも山岳信仰がさかんだった時代、円空は二十歳そこそこで白山を出発点とする修験者(しゅげんしゃ)として、富士山やその他名だたる霊山を目指した。わけても白山は、円空にとって大切な聖地となる。

「登ってる最中って、山頂がなかなか見えないんだよね。でも道中に、山頂から流れてきた滝があって、そこで円空は悟りをひらいたと言われるんだけど、それを見たときは中学生なりに山のただならぬ気配を感じて、手を合わせたよ。きっとこの先に、命の恵みをくれる雄大な山頂が待っているんだろうなって」

「これ、君か？」

「へへっ、可愛いでしょ」

たしかに、と素直に肯いてしまいそうだった。

おそらく民男が撮った、何枚かの写真にうつりこむ、あどけない円花の姿へのときめきも、自然と受けいれている自分がいた。それにしても多少背が伸びて大人っぽくなったとはいえ、活発で自由気ままな感じは、ほとんど変わっていない。もしこの頃に出会ったとしても、今のように振り回されていただろうな。気がつくと、日向ぼっこをしているような、あたたかい気持ちになっていた。

中尾社主が撮影したらしき、各地の円空仏を訪ねるために山道を歩いたり、ボートで川を渡ったりする民男の写真もあった。当時八十代という高齢のはずだが、海岸沿いの洞窟や道なき道の山奥にも、余さず足を運んでいたらしい。

しかも、どの写真もなんだかお茶目である。笑顔でうつっていたり、おにぎりを頬張っていたり、自ら滝に打たれたりと、高名な学者というよりも全力で旅を楽しむ朗らかなおじいさんにしか見えない。また人とうつっている写真も多く、拝観先で住職と話している様子や、地元の人と記念撮影をした一枚もあった。

「円空仏って、いまだに家庭の仏壇で大切にされていることもあるんだって。旅の途中だった円空から受けとったあと、何百年と受け継がれてきた仏像もあるみたい。おじいちゃんはそういう各家庭を訪ねて、話を聞いてたんだ」

なんでも、円空には名を残そうという野心がなく、作製した仏像を大きな寺に納めるよりも一人でも多くの庶民に届けようとしたとされる。だからこそ、他の人なら捨ててしまうような小さな木片も無駄にせず、おびただしい数の仏像を残すことができた。そもそも美濃地方には、木工品をつくる木地師(きじし)が多くいたという背景もある。

「つまり、寺院の奥にありがたく仕舞われた、滅多に一般の人の目にはふれない本尊とは違って、もっと人々の生活に密着しているというか、庶民に近いところにあったのが円空仏というわけだな」

円花の話を聞いているうちに、山田はひとつの疑問を抱いた。

「しかし、なぜ民男さんは円空仏に関心を抱いたんだろう」

「たぶんだけど、一番根っこにあるのは生い立ちへの共感だと思うな」

「生い立ち？」

円花は肯き、民男の写真を眺めながら言う。

「おじいちゃんって公にはしてなかったんだけど、生まれながらに複雑な事情があって実の両親と早くに生き別れたらしいんだよね。親戚に養子に出されたせいで、いじめられた経験もあったみたい」

「そうだったのか」と山田は資料をテーブルに置いた。

いじめられた、と言ったとき、円花が少し寂しそうな表情を浮かべた。

山田は自分のことのように心がちくりと痛む。

「円空も、諸説あるけど、私生児として生まれたあと、幼くして母を木曽川(きそがわ)の洪水で亡くしたと伝えられているんだよね。そのことが強い信仰心を持つきっかけになって、生きる道を模索するために修行に出たんじゃないかって。悲しみを秘めながらも、どうして円空はたくさんの仏像をつくれたのか。修験者として山にこもる厳しい修行に耐えられたのか。その答えを見つけられれば、自分も探し求めてきた人生の答えみたいなものが分かるって、おじいちゃんは信じていたんじゃないかな」

「民男さんもまた、時を超えて円空仏に救われた一人だったわけだ」

円花は肯くと「これなんだろう?」と資料のページに挟まっていた、一通の手紙を手にとった。資料と同じくらい古そうな封筒だ。宛先に書かれた名前に、思わず顔を見合わせた。「中尾のおっちゃんじゃない!」「中尾社主じゃないか!」と声まで合わせてしまう。

おそらく現役記者時代の中尾宛てだ。

円花は躊躇なく封筒を開けはじめた。

「おいっ、いいのか」

「大丈夫でしょ。死人にプライベートなしって言うし」

「なんだよ、その造語は。というか、どうして今まで気がつかなったんだ」

「私以外の家族はこういう資料に興味のない人だし、机や本棚の書籍は整理しただろうけど、ファイルのなかまでは手をつけてなかったんだよ。それに私もおじいちゃんが亡くなってから、円空の資料をこんなにしっかり確認したことはなかったし」

そう説明しながら円花がひらいた便箋（びんせん）は、特徴的な字――円花の書く読みにくく不器用な筆跡に似ている――でびっしりと埋め尽くされていた。解読に苦労しながら内容に目を通す。なんらかの事情があったのか、手紙は最後まで記されることなく、途中で終わっていた。

まず民男は連絡が滞っていたことを詫び、さらに回復の兆しを見せない体調についてつづったあと、本題に入った。

その手紙を読む限り、中尾も何度か調査に同行した経緯から、論考をまとめられれば日陽新聞社から本を出版するという話になっていたようだ。円花いわく論考では、円空の人となりや生き様に焦点を当てて、母と死別したことやその悲しみを克服するための壮絶な修行の道のりを、さまざまな土地を訪ね歩いて考察する内容になったはずではないかという。だからこそ、最後まで執筆をやり遂げられなかった民男は、中尾に円空についての熱い思いを手紙にしたためていた。

「病気で調査が頓挫してしまったことを、民男さんは悔いているみたいだな」

「あ、私のことも書いてある」

「どれどれ」

中尾さんも可愛がってくださっている孫の円花は、円空にちなんで私が娘夫婦にその名を提案しました。円空のように、多くの人の心を明るく支え、邪険な扱いをされても腹を立てず、自ら道を切りひらく勇敢な人になってほしいという願いからです。

身内の私が言うのもなんですが、円花は大きな可能性を秘めた子です。それゆえ進むべき道に迷ってしまわないかが心配です。今まで私はやりたいことはなんでもやってきたので、いつ死んでも後悔はないのですが、ひとつだけ気がかりがあるとすれば、他でもない円花の将来です。こんなことをお願いするのは甚だ勝手で恐縮ですが、円花が困ったときに、手を差し伸べてくれる存在になっていただけないでしょうか。

「孫娘を溺愛していたっていう、淑子さんの話は本当なんだな」

「私ってば、なんて幸せ者なんだろう」と呟いたあと、円花は洟をすすり、シャツの袖で目頭を押さえた。とつぜんの涙に動揺する山田の目の前で「それなのに私、おじいちゃんが生きてるあいだに、なんにも恩返しできないどころか心配ばかりかけてさ。情けない限りだよ」とべそをかく。

高校を中退したんだもんなと言いかけたが、黙ってハンカチを渡すにとどめた。好意をよせる人の実家を訪れるから、とハンカチを準備しておいて本当によかった。すると円花からじろりと睨まれる。

「こういうときにハンカチを渡せる俺ってカッコいいって思ったね？」

「思ってないよ！」

「言いたいことがあるなら言えば？　おしゃべり淑子から聞いたんでしょ」

「なんだ、知ってたのか」

「淑子の声って大きいから」

「君を心配しているからこそ、あんな話になったんだよ。それに俺は君の意外な一面を知れてよかったけどね」

「さては、弱みを握ったつもりだね？」

「いや、そういう意味じゃなくて」と山田は苦笑し、恋の告白めいて聞こえないかを少し気にしながら言う。「前回、神子元島灯台を取材したとき、丸ちゃんとの一件があって俺自身のことはさらけだしただろ？　でも結局、君のことは分からないままだからさ。円花にも苦労した経験があったんだなって」

「当ったり前じゃない！　高校でどん底に落ちてなきゃ、文化部記者の仕事だって目指してないよ。その頃に新聞の文化欄を読むことくらいが、日々の楽しみというか、救いみたいなものだったんだから。江戸時代の人々やおじいちゃんにとっての円空仏と同じで、アートって悩める心にこそ素晴らしさが届くんだと私は思うよ」

　円花は取材熱心なだけでなく、SNSでも絶えずアート関連の投稿をし、休日返上で美術関連のイベントに出かけている。そんな熱意の原動力を、山田ははじめて知った。これまでは単に民男の影響だろうとか、ただ好きなだけだろうとか思っていたが、円花にとって作品はそれ以上の存在であり、なくてはならない生きる糧なのだ。

「よしっ、おじいちゃんのためにも今回の調査は頑張るからね」

　円花はぐいと涙を拭うと、手紙をたたんだ。

　中尾に宛てられた手紙は、淑子にも報告して後日中尾に届けにいくことにした。それから円花と手分けをして、民男の論考や日記をつぶさに確認し、再度赴く予定だった寺を洗いだした。作業を進めるうちに、円花が病床の民男からどうしてもここはもう一度行っておきたいと聞いていた寺の存在を思い出しはじめた。

「中学生の頃、その寺に同行したときに憶えているのは、おじいちゃんは何度もその寺に通って、頭を下げてたことなんだよね。どうしてって訊いても、詳しくは教えてくれなかったんだけど、探してるものがあるみたいな様子だったな」

「じゃあ、実際に行ってみるか。円空仏の実物も見ておいた方がいいだろうから」

「賛成！　生前のおじいちゃんがその寺で探していたものを、私たちが代わりに確認しにいくっきゃないね。なんてったって、私の名前は円空由来なんだから」

さっそく山田と円花は、名古屋市にあるという寺に行く計画を立てた。

＊

東海道新幹線の車窓から見える富士山は、雲ひとつない秋晴れのなか、きらきらと輝いていた。しかし車内でいつも通り窓際を円花にゆずり、通路側に腰を下ろす山田の心持ちはどんよりと重かった。

「名古屋に行く意味がよく分からないんだけど」

山田のボヤきに、円花は「まぁ、そう言わずにさ。取材先に約束しちゃったし、行くっきゃないでしょ」と車内販売で買ったアイスの蓋をあけた。

「でも掲載できないって言われたんだぞ」

昨日の夕方、前回よりも暗い顔をした深沢デスクから、もう連載最終回の記事は準備しなくてもいいと言われたのだった。理由を訊くと、別の部の記事に紙面を譲らなければならなくなったらしい。

深沢デスクこそが、連載をきちんとした形で終わらせるべきだと言っていたのに。予想もしていなかった打ち切りに、山田も円花も返す言葉がなかった。名古屋に取材へと向かう前日にそんな結末を言い渡されるとは。取材先に謝罪をして、アポをキャンセルしようとした山田に、円花は記事にならなくても個人的な好奇心から話だけは聞きにいきたいと抵抗したのだ。

そして今、悠々とアイスを食べている。

「つべこべ言わずに、とりあえず行こうってば。山田だって、おじいちゃんが生前探していたものがなにか気になるでしょ？　先方に取材アポをとったときは、まだ掲載されるはずだったんだし。深っちゃんからの通達は、取材が終わったあとにされたことにすればいいんだよ」

気が重くてならないが、円花の決意が揺らぐことはなさそうだ。もうどうにでもなれと名古屋駅近くにある、美味しい店をスマホで調べることにした。名古屋といえば、ひつまぶしに味噌煮込みうどんにと、ご当地グルメの宝庫なのだから。

名古屋駅から地下鉄で最寄り駅まで向かったあと、たまたま見つけた味噌カツの店に足を運んだ。ネットの情報によると、地元の人にも愛される老舗（しにせ）の定食屋らしく、たしかに店先には行列ができていた。

入るまでは少し時間がかかったが、注文するとすぐにお膳が運ばれてきた。

とろみのある焦げ茶色の味噌ソースがたっぷりとかかった豚カツに千切りキャベツが添えられていた。かなりのボリュームがありそうだが、添えられた脇役との相性が抜群で箸が止まらなくなる。

「味噌カツは、罪なくらい白ご飯がすすむね」

円花はご飯をお代わりしながら言う。たしかに味噌カツとの相乗効果で、ただの白めしとは思えないほどの美味しさだった。しかもカロリーの心配さえなければ、永遠にこの組み合わせを楽しんでいたくなる。しかも千切りキャベツをあいだに食することで、さっぱりと一息つけるので、新鮮な気持ちで味噌カツに戻れた。

「山田の嗅覚も少しずつ研ぎ澄まされてきたじゃない」

お会計を済ませると、円花からお褒めの言葉にあずかった。

「当然だ」

先輩風を吹かせつつも、これで最後の取材という事実が頭をよぎる。どんなに美味しいものを食べようと、今日はずっと複雑な心境のままだ。

名古屋名物に満足したあと、二人は目的地である薬師寺(やくしじ)に向かった。地下鉄の駅からほど近いところにあり、都会の喧騒に身を隠すようだった。入口はフェンスで区切られたそっけない林道だったが、進んでいくと立派な瓦屋根をのせた山門に迎えられた。

そこは中国、当時の明から亡命した王族出身の医者によって建てられた堂だった。亡命者は母国で政治的なトラブルにみまわれ、名を変えて日本に逃げてきたという。江戸幕府から丁重に保護され、世話を任された尾張藩の御用医師となったが、庶民の治療をしたいという理由から町医者になった人物だ。そこで与えられたのが、この薬師寺の土地である。

「権力者だけじゃなく、一人でも多くの大衆を救いたいと考えたわけだな」

「だからこそ、円空とも心を通わせて、たくさんの仏さまを彫らせたんだろうね」

事前に確認した通り、円空も為政者のためだけに彫るのではなく、旅先のあちこちで出会った人々の幸せを祈って仏像を配り歩いた。亡命医の志に共鳴したからこそ、素晴らしい仏像をここでもつくったに違いない。

普段は一般公開をしていないらしいが、事前に電話をかけて民男の名前と新聞社の取材であることを告げると、円空仏を見学してもいいと快諾してくれた。とはいえ、後日記事になるチャンスは皆無に等しくなってしまったのだけれど。

対応してくれた住職は、想像していたよりも若く四十代半ばに見える男性だった。民男の調査に協力していた先代は、病気のために二年前に他界しており、今では息子であるこの男性が継いでいる。

冷たい風が吹き、木々が葉を落としはじめた境内を、住職は案内してくれた。

「私も、当時は見習いの立場ながら、雨柳民男さんという有名な学者さんがうちを訪ねてこられたことはよく憶えていますよ。たしか中学生のお孫さんも連れてらっしゃって。個人的には民男さんよりも、そのお孫さんの方が記憶に残っていますね。いきなり友だちみたいに話しかけられて面食らったので」

まさか本人が目の前にいるとは思っていない住職は、笑いながら話した。

「失礼なことをしてすみません……じつはその孫って私なんです」

円花が照れくさそうに手を挙げると、住職は目を見開いて「え、あなたが！　すっかり大人の女性になってらっしゃって、まったく気がつきませんでした。こちらこそ失礼なことを言ってしまい、申し訳ありません」と慌てた。

「いえ、その節は親切にしていただいて、ありがとうございました」

「新聞記者になられたとは驚きですね。そういえば、戦後まもなく円空が注目されるようになったのも、中日（ちゅうにち）新聞の前身である名古屋新聞の記者が、円空仏についての記事を連載したからなんですよ。その際、うちの寺も取りあげてもらったそうで」

話をしているうち、境内の心臓部ともいえるお堂にたどり着いた。

「ここに安置されているのが、わが寺で代々受け継いでいる円空仏です」

お堂は古びた灰色の木造で、階段を上ると賽銭箱が置かれている。住職は脇にある通用階段から畳敷きになった祈禱所に入らせてくれた。畳のさらに奥には仏壇があり、暗さに目が慣れてから覗き込むと、数々の円空仏が安置されていた。

優しい、というのが第一印象だった。

中央にある腰の高さほどの仏さまは、薬師如来像だという。人々を病苦から救うと信じられてきた。通常は、左手に薬の壺や宝珠を持ち右の手のひらをこちらに向けた、平穏な心を与えるという意味のポーズをとるというが、円空が彫ったのは、それらを簡略化してただこちらを見据える仏さまだった。

細かなところは抽象化され、木の切断面や節、ノミを入れた跡など、ほとんどそのままにしている。まだ三十代だった若き円空がつくった作品でありながら、彼独自の様式が徐々に完成されつつあることが分かった。

「笑ってるね」

「ああ、楽しそうな感じがする」

山田は肯いた。それでいて、神さまが宿っていそうな厳かさも備えているのは、どうしてなのだろう。慈愛というのか、見る者を無条件に受けいれてくれるような、懐の広さを感じた。

しばらく鑑賞させてもらったあと、円花は住職に訊ねた。

「じつは祖父はこの薬師如来になぜかこだわって再度訪問しようとしていましたが、その理由がなんだったのか、ご存じではないですか」

住職は首を傾げた。

「私にはなんとも……もし先代が生きていれば確認できましたが、今では知りようがありませんね。ただ先代は訪問者に対して、よく調査を断っていました。仏さまは人々の祈りの対象となる神聖な存在なので、易々と手で触れてはいけない、と。事情が分からないながらに見ていた記憶ですし、それが雨柳民男さんに対してかは分かりませんが」

そのとき、住職のスマホが鳴った。

「ちょっと待っていてくださいね」と住職は席を外して、やりとりは中断された。

畳の隅に腰を下ろし、円空仏を拝んでいると、円花は古い記憶がよみがえったらしい。円空が残したという和歌の一首を、すらすらと諳んじた。それは、生前の民男がこの寺で教えてくれた歌だったそうだ。

遊ぶらん　浮世の人は　花なれや　春の初めの　鶯の音

「鶯の鳴く声によろこび、花を愛でて遊ぶ人自身が花であるっていう意味なんだって。あの手紙にも書かれていたけど、おじいちゃんは私に、つらいときでも明るい心を忘れちゃいけないよっていうメッセージを、名前を通して遺してくれたんだね」

「つまり、円花っていう名の〝円〟の字は円空からで〝花〟の字はその和歌からとったっていうことか」

「たぶん。私の記憶が正しければね」

「いい名前じゃないか」

感動しながら、円空がそんな希望に満ちた歌を詠んでいたという事実にも、山田は驚かされた。

というのも、民男が残した資料によると、私生児として生まれた円空は、地元で「まつばり子」——岐阜羽島の方言で「秘密の子」つまり私生児を意味する——と呼ばれ、人々のそしりを受けながら育ったらしいからだ。だから成長しても、一ヶ所に定住しないことで自己を隠そうとし、旅先でも出自を偽って身の上話を口にしなかったとか。

なにより切ないのは、過去を忘れようとしながらも、修行の折々に美濃に戻ってどこよりも多く自身の仏を奉納していた事実だった。ふるさとから逃れたいと思う一方で、途方もない憧憬を抱いていたわけである。そんな円空の心に、きっとこの寺をつくった明からの亡命者も共感したのだろう。

「円空が山に入ったきっかけって憶えてる？」

「たしか母を洪水で亡くしたことだっけ」

「その洪水では、千五百人を超える人々が亡くなったらしいんだよね。あまりにも深い悲しみに襲われて、生きる道を模索するために、一人ぼっちで命を懸けたつらい修験道を選んだらしいの」

円空の母が亡くなったとされる寛永の頃には、農民による一揆をはじめ、各地で反乱が起こって何万人という人が惨殺されている。というのも悪天候や災害が多発し飢饉に見舞われ、江戸では大火まで起こったからだ。

そんな暗い時代に生まれ育った円空は三十代なかばで蝦夷地に向かう。その際、死んだ人の霊に会えるという恐山にも立ち寄ったのではないか、というのが民男の仮説だった。その証拠に、恐山の近くには円空がつくった仏が多く奉納されている。帰ってきて最初に取り組んだのが、この薬師寺での制作だった。

「どうして自分が生き残ったんだろうっていう気持ちもあっただろうね。それでも、円空が仏像をつくるきっかけは、いつも偶然生まれた信頼関係だったんだって。旅先で出会った人たちが円空に材木を与えて、完成した仏像を大切に引きとって今に伝えてる。それってすごいことだよね」

花を愛でて遊ぶ人の心が花、という和歌をふり返る。

深い闇を生きてきたとしても、円空は心に花を絶やさず、いつも春のように温和だった。そんな円空の彫った仏だからこそ、どれも優しさとユーモアを備えている。また多少わが道を行きすぎるときもあるとはいえ、円花が無意識のうちに周囲を明るくするような性格なのは、民男の教えがあったからなのだと再確認できた。

「やっぱり私、住職に本当のことを言うよ」

「本当のことって？」

「新聞の記事にできなくなったって」

「え、今更？　怒らせるだけかもしれないぞ」

山田が慌てて止めたのは、以前のようにその場を無難におさめるためではなく、円花が傷つくのではないかと心配したからだった。

「もちろん分かってるけど、円空仏を見てたら気が変わってきた」

円花は円空仏を見つめながら、決意したように立ちあがった。

ちょうど戻ってきた住職に、円花は頭を下げて事情を説明した。本当は、日陽新聞の連載は打ち切りになってしまい、今回取材をさせてもらっても、記事になる見通しは立っていないのだ、と。

「それでも、祖父がこのお寺にこだわっていた理由を知りたくて、黙って訪問してしまいました。おかげで祖父との大切な記憶を改めて思い出すことができましたが、本当に申し訳ありません。今日もできれば、近くで円空仏を見せてもらえないかという甘い考えを抱いていました」

戸惑ったように、黙って円花の話を聞いていた住職は「どうか頭を上げてください」と促した。

「じつは私も、最近よく考えていました。円空は市井の人々のために仏を彫ったのに、誰にも触れさせず、誰にも近寄らせないというのは、果たして正しい円空仏の在り方なのだろうか、と。文化財を守るのは重要な使命だとは分かっていますが、うちの寺では、最近めっきり檀家さんの数も減ってしまい、このままでは社会から取り残され、廃寺になる運命です。昔の教えを頑なに守るのではなく、柔軟に世俗の調査に協力しても先祖は怒らないでしょう」

思いがけない話の展開に、山田は「ということは、つまり？」と訊ねる。

「調べていただいて構いません。取材でないのならば『ここだけの話』として秘密にしやすいですしね。雨柳民男さんの熱意は、いまだに私の心に残っています。そのお孫さんなら悪いようにはしないでしょう」

円花は山田と顔を見合わせると、「ありがとう！」といつもの軽い調子に戻って住職の手をとり、ぶんぶんと振った。

円空仏は一メートルほど高くなった舞台のうえで、像の大きさに合わせた古い木造の台座に置かれていた。舞台のうえは神聖な場としているので、数ヶ月ごとに住職自らが掃除をする以外、立ち入り禁止になっているという。

「では、近くから拝見させてもらってもいいですか」

円花が改めて許可を求めると、「どうぞ」と住職は肯いた。

「うちの円空仏は昔、病を患(わずら)った人たちに貸しだされていたみたいですね」

その話を聞いて、山田は思わず仏像に手を合わせる。

「身分の差や時代を超えて、人々に広く愛されてきたんですね。間近に見ると、いっそうその理由が分かります」

台座の背後には人がやっと通れるほどの空間が開いていた。円花は仏像の裏側にまわって、渦巻状の模様が彫られている背中にペンライトを当ててつぶさに眺める。

「あれ、この亀裂は？」

よく見ると、それは蓋だった。

「なんでしょう……私もよく分かりませんね。父から仕事を引きついでまだ数年、一度も動かしたことはなかったので」

「なかが空洞になっているのかもしれませんよ。この時代、内刳(うちぐ)りといって、内側を刳りぬいて制作される技法が定着していました。その内部に、密かな経典や胎内仏(たいないぶつ)を隠していた例もあります」と円花は主張する。

「まさか」と住職は半信半疑らしい。「これまで円空仏に空洞があった例は？」

山田が訊ねると、円花は意気揚々と答える。

「最近になってから、壮年期につくられた仏像のなかに、鏡や女性用のお守りが発見されたこともあるみたいだね。その後の調査によれば、円空のお母さんの形見だった可能性が高いと分かったみたい」

住職もその話で意を決したようだ。ライトを片手に、蓋の構造を確かめたあと、拳で軽く叩いてみた。コンコンという乾いた音が返ってくる。少しの力を加えただけで、カタリと蓋が動いた。

「開きそうですね」

興奮する山田に、住職は納得したように言う。

「なるほど、先代たちはこの中身を知っていたんでしょう。私は子どもの頃から、なかを開けると祟りにあうと教えられてきました。円空仏を見世物にしてはいけない、ましてや仏さまの中身など公表するべきではないとくり返し断じていたんです」

「中身をそのままにしておくためですね」

「おそらく。でも今日お二人がここに来て蓋の存在に気がついたのも、円空さまのお導きでしょう。やはり今のまま放ってはおけません」

住職は仏像本体を傷つけないように注意しながら、蓋を開けた。入っていたのは、五センチにも満たない木片に彫られた、無数の仏像たちだった。朽ちかけたものもあるが、多くは虫食いもなく美しい状態を保っている。どんなに彫りが浅くて短時間でつくられたような仏も、一様にほほ笑んでいた。

＊

東海道新幹線の車窓には、徐々に暗くなる雨空が広がっていた。

民男との思い出をふり返るように、円花は頬杖をついている。

「なんやかんや言って、よかったじゃないか。新たな円空仏が発見されて、知られざる歴史が明らかになるかもしれないんだから。わざわざ愛知まで足を運んだ甲斐もあったってもんだ。あのお寺にとってはいい結果になったよ」

円空仏の胎内にあった小さな仏像たちは、おそらく円空があの寺にやってくる人々に配るためにつくったお守りではないか、というのが住職の仮説だった。近いうちに地元の博物館に連絡し、胎内におさめられた時期や経緯の調査も含めて、しかるべき対応をしていくそうだ。

励ますつもりで言ったのに、円花はこちらを睨んだ。

「だからだよ！　記者としては、これぞスクープじゃない。仏像ブームが起こっている時勢に円空の新発見を報じられる好機だったのに、日陽新聞が情けない状況になっちゃってるせいで、泣き寝入りしなきゃいけないなんて。いっそ個人のSNSで発信しちゃおうかな……いや、でも文化部の記事が完全になくなるって決まったわけでもないし、諦めるのは深っちゃんにも悪いか……どうしたらいいんだろう」

頭を抱える円花を落ち着かせる。

「もし紙面を確保できたり、SNSで発信しようと思っても、住職さんが許可してくれるって決まったわけじゃないだろ？　今回は取材じゃないからこそ、中身を見せてもらえたんだし」

「いんや、私ならきっと説得できるね。ってか、まずは深っちゃんを説得しないと」

まだ諦めていない様子の円花に「あのなぁ」とため息を吐く。いつも呆れるが、その自信はいったいどこから湧いてくるのだろう。円花はいつの間にか買っていた赤福餅を取りだして、「こうなったら、やけ食いだ！」とヘラですくいとり、パクリと口に入れた。相当腹が減っていたらしく、あっというまに半分ほど平らげる。

「ほら、山田も食べてごらんなよ」

「俺はいいよ、そういう気分じゃないし」

「さては山田も、記事にできないことを悔やんでるね？　やっとプロ意識が芽生えたじゃない」

「それもあるけどさ」と軽口は受け流す。

こうやって君と二人で取材の旅に出られるのも、これで最後だから。先輩としてこんなことを言うのは癪だけど、君のおかげで成長できた部分もあるし、ずっと君と仕事したかったよという本音は、ここでも呑みこむ。そんなことを口に出したら、辛気くさくてカビが生えそうだとかなんとか言って笑い飛ばされるに決まっている。

「コンビを解消されるのだって、寂しいよね」

意外な言葉に、ハッと顔を上げる。

「はじめは、山田って頼りないところばっかりだったけど、連載を担当しているうちに息も合ってきたし、おかげで私も名刺の渡し方をはじめ最低限のマナーとか、いろいろと学べたからね」

「たしかに最初の出張では、名刺すら忘れてたしな」

「成長したでしょ？　ちょっとは感謝してるんだよ」

「……ちょっとはってなんだよ」

山田はそうツッコミつつ、胸がいっぱいになる。さっそく転職先を探していた淡泊なやつだから、自分との関係などいつ切れても気にしないと思いこんでいた。でも本当は円花も同じ気持ちでいてくれていたとは泣かせるじゃないか。

「やっぱりこのまま引きさがるべきじゃないよ」

山田は鞄から資料のファイルを出して、中尾社主宛ての手紙を手にとった。自分が預かるのもおかしな話だが、円花に持たせてしまうとうっかり失くしそうなので、資料のファイルに挟んでおいたのだ。

「どうしたの急に」

「ここに行くんだよ、今から」

手紙に記された渋谷区の住所をトントンと指す。

「へっ？　中尾のおっちゃんの家に？」

「そう、君が直接社主と話をするんだ。民男さんはあんなに君のことを思って社主に面倒を見てほしいと頼んだんだ。そんな君なら社主の心を動かすことができるかも。今の段階で会社同士の決定を覆せるのは、社主レベルの人しかいないよ」

「でも引っ越ししてたら？」

たいてい無鉄砲なくせに、どうして今そんなことを気にするのだ。山田が内心地団太を踏んでいると、「ま、そのときはそのときで考えればいっか」と肯いて、品川駅で途中下車して山手線に乗り換えることを承諾した。

＊

あってよかった――。中尾社主の邸宅は、渋谷区でも有数の閑静な高級住宅街に構えられていた。都心にありながらも静かで広い一軒家が多く、近寄りがたい空気さえも漂っていた。そのなかでも、中尾邸は日当たりのよさそうな向きと高さで、ひときわ面積も広くて威圧感があった。敷地は背の高い土壁の塀（へい）に囲まれて、大きな木がその向こうから覗いている。中尾という表札が、玄関灯に照らされてぼうっと光っていた。外側から屋内はいっさい窺えず、人がいるのかどうかも分からない。

「立派な門だな」と山田は気後れする。「まだこちらにお住まいなのはよかったけど、勢いで来たものの、いきなり訪ねていいのかな。もう七時を過ぎちゃってるし」

「山田ってば、今更なに言ってんのさ！　大丈夫だよ、中尾のおっちゃんは優しい人だから許してくれるでしょ。私もこの家には何度か遊びにきたことがあるし、庭だけでもバドミントンができそうなくらい広いんだよ」

　それは子どもの頃の記憶の話だろう。今じゃ円花にとっても雲の上の存在であり簡単にお目にかかれないほどの肩書の人ではないのか。気を揉（も）んでいるそばで、円花は躊躇なくインターホンを押した。

「はい、中尾です」

女性の声が返ってきた。ご夫人だろうか。

「あの、日陽新聞社文化部の、雨柳円花と申します。こんな時間帯に申し訳ありません。中尾社主はご在宅でしょうか。お話ししたいことがありまして」

ややあってから「少々お待ちください」という声があった。

それから一分ほど、なんの返答もなかった。さすがにいきなりすぎたか。社主を怒らせたらこのあとどうなってしまうのだろうと怯(おび)えていると、立派な門の脇にあった小さな通用口からエプロン姿の五十代くらいの女性が顔を出した。ご夫人ではなく、お手伝いの方に見える。しかし今回こそは早とちりに気をつけたかった。

「お待たせいたしました。こちらへどうぞ」

追い返されることを覚悟していた山田は心臓が高鳴る。一方、円花は緊張している様子もなく「ありがとうございます」と友人の家を訪ねるように門をくぐった。

敷地内には、別世界が広がっていた。ライトアップされた日本庭園を横切るように延段がつづいて、小さな橋のかかった池まである。門から玄関先までこれほど離れている個人宅を都内で見るのは、はじめての経験だった。エプロン姿の女性は邸宅の入口まで案内すると、磨(す)りガラスになった引き戸を開けた。

昭和のテイストを感じる広々とした玄関には、紅葉が描かれた木製の立派な衝立(ついたて)が置かれていた。靴はそのままでいいと言われ、その通りにして上がり框にあがった。まるで料亭に来たような長い廊下を歩いて、応接室へと案内される。

「中尾は今参りますので、少しお待ちください」

応接室には、さまざまな美術品が置かれていた。壁にはユトリロによく似た風景画が掛けられ、骨董品らしき棚には染付の壺が飾られている。ソファも座り心地がよく、ここが社主の家でなければ、ついくつろいでしまいそうだった。

「見て、あれ」

円花に促されて、応接室の奥にあった小さなテーブルに目をやると、今朝の日陽新聞や他紙までずらりと置かれている。

「中尾のおっちゃんって、日陽新聞だけじゃなく何社もの新聞に目を通すことが大切な日課なんだって昔言ってたな」

たしかに前回釣り場で会ったときに文化部の頑張りについて報告すると、漱石の記事はよかったと言っていた。

「お待たせしました」

現れたのは、社内の釣り場で顔を合わせていたオジジ釣り師とは別人のような貫禄と渋みを漂わせる、着物姿の中尾社主だった。この姿で出会っていれば、間違ってもストーカーだとは疑わなかっただろう。

「突然押しかけて、誠に申し訳――」と山田が深々と頭を下げるのを押しのけ、円花が「いやー、こんな時間にごめんねぇ、中尾のおっちゃん！　にしても久しぶりだよ、元気してた？」とこちらが絶句するほど砕けた口調で手を挙げる。

「あのね、円花ちゃん！　前も言ったけど、僕はもう君にとって『中尾のおっちゃん』ではなく『中尾社主』なんだよ。敬語も使ってくれないし突然訪ねてくるなんて、他の社員に知られたら、示しがつかないじゃないか」

円花はこちらに目をやって「ごめんよ、他の社員にはもう見られちゃったね」と額に手をやった。

「まったく相変わらずなんだから」と言いながらも社主の口調に怒りはなく、久しぶりに遊びにきた孫を歓迎しているような、親しみ深い響きがあった。「で、話したいことがあるって？」

「たくさんあるんだよ、話したいことは。まず前々から聞きたかったのは、日陽新聞社の買収問題について。あと折り入って、中尾のおっちゃんにどうしても渡したいものがあってさ」

「だから中尾社主ね」

「もう、そうだった！」

悔しがる円花から目で合図をされ、山田は鞄からファイルを出した。そして民男がしたためた中尾宛の手紙をテーブルのうえに差しだす。中尾はかすかに眉を上げると「まさか民男さんから？」と受けとった。

驚きを隠せない様子の中尾に、円花はこれまでの経緯を説明した。連載のつぎのテーマについて調べるために改めて民男の資料を見返していたら、この手紙を見つけたこと。そして中断していた円空仏の調査を自分たちが引き継ぐ形で、昼間に愛知県の寺を訪れたところ、無数の胎内仏が発見されたこと。

「なるほど……ああ、憶えてるよ。民男さんは生前、たしかにその薬師寺にこだわっていたからね。円空の知られざる作品があるに違いない、と。ただ体調が悪化して、交渉もなかばで頓挫(とんざ)してしまった。君たちの話を聞きながら、民男さんが生前、未発見の胎内仏についてよく話していたのを思い出したよ」

感慨深げに中尾は言ったあと、老眼鏡をかけて手紙に目を通した。

時間をかけて読み終えると、小さく肯いて封筒にしまった。

「どうもありがとう。今夜はこれを届けにきたんだね」

「でも他にも理由があるんだ。私たちはどうしても円空仏の発見を日陽新聞の記事にしたい。もっと言えば、今後も文化部の仕事をつづけていきたい。今と同じメンバーと編集方針で」

円花は身を乗りだして、いかに文化部の仕事が社会にとって必要かを論じた。お金だけが物事をはかる基準ではない。むしろ経済の繁栄だけを目的にすると、人々の心は貧しく荒んで、不幸な世の中になってしまう。文化は人々がより幸せに生きるために大切で、そのことを伝えるために文化部は存在するのだと気がついた、と。

「おじいちゃんは亡くなる前に、困ったことがあったら中尾のおっちゃん――じゃなくて中尾社主に頼れって、私にも言ってた。どうか力を貸しておくれよ！」

中尾は難しい顔で腕組みしていたが、やがて首を振った。

「円花ちゃんの言うことは、もっともだと思うよ。文化の大切さについては、私も人並み以上に分かっているつもりでいる。なんせ日陽では記者だってしていたし、民男さんの友人でもあったんだからね。でもお金に還元されないものの重要性は、そう簡単には理解されにくい」

反論の余地はなく、円花は「そんな言い方、ひどいよ！　私たちだって勇気を出してここに来たのに」と立ちあがった。気まずい沈黙が流れる。円花がここまで熱意を見せても無理なら、もうなにも変わらないかもしれない。

「以前、山田くんには伝えたけれど、文化部がなくなっても、君たちが解雇されるわけじゃないよ。その点については私は譲らなかったんだ。道理が通らないことも世の中にはある。記者をやっていれば尚更、そのことは身に沁みているはずだ。別の形で社会に貢献すればいいじゃないか――」

「待ってください！」

居ても立ってもいられず、中尾の発言を遮るように山田は叫んでいた。

「なんだね？　私の考えは間違っているかい」

「いえ、なにも。僕の言いたいことはひとつだけです。僕はこの際、記者の役割とか文化部の存在意義とか、どうでもいいです。ただ、今の体制でいられなくなったら、僕は彼女と一緒に記者をつづけられなくなる。それが嫌なんです」

「え？」と中尾は目を丸くした。

奇妙な沈黙が流れた。円花も心なしか引いた目でこちらを見ている。あれ今なにかおかしなことでも言っちゃっただろうか。自分でもわけが分からなくなって「あ、いや、つまり今の連載が好きってことなんですけど」ととりつくろう。

「フハハハ、若いとはいいもんだね」

なぜか中尾は、愉快そうに声をあげて笑ったあと、手紙を着物の懐(ふところ)にしまった。そして釣り場にいるときと変わらない、穏やかな笑みを浮かべながら、「君たちの言いたいことはよぉく分かりました」と口癖のように呟いた。

「話はここまで。そろそろ帰りなさい」

「でも」と、円花は戸惑うように山田の方を見る。

「つぎに君たちが出社するのは？」

「明日だけど」

「では、明日になれば、私の真意がきっと分かるでしょう。ただし今、私が君たちに伝えたことは、しっかりと胸にしまっておくように。さて、お互い明日の仕事に備えるとして、そろそろお引きとり願おう」

＊

翌朝七時、山田は目覚ましのアラームが鳴る前に起床し、朝食をとってスーツに袖を通した。通勤用リュックを背負ってマンションを出ると、いつもと変わらない朝の風景がつづいていた。よほど疲れていたのか昨夜（ゆうべ）は帰るなり熟睡してしまった。おかげで、身体は軽くて頭もすっきりしているが気分は晴れない。

結局、中尾のおっちゃん――ではなく中尾社主を説得できなかった。

いよいよ真剣に自分の身の振り方を考えねば、と通勤電車のなかで転職サイトを検索する。とはいえ円花のように潔く（いさぎよ）退職する勇気はない。自分が誇れるのは日陽新聞社内で一生懸命にやってきたという事実だけで、記者としてウリがあるわけでもない。ひとまずは社内の人事異動を待って、よほどのことがない限り、大人しく従うのが賢明かな。

悶々（もんもん）と考えを巡らせながら出社すると、朝一にもかかわらず多くの社員がおり、いつになくオフィスは活気に満ちていた。

「おはようございます」

周囲に挨拶しつつ、通勤リュックをどさりと下ろしたあと、山田はとなりのデスクを見る。円花のパソコンはまだ起動していなかった。中尾との面会のあと、円花も意気消沈していた。もう日陽新聞社には現れないのではないか、と心配になってしまうほどしょんぼりした様子だった。

「暗い顔だな」

声をかけてきたのは、深沢デスクである。

名古屋市の寺を訪れたことは当然、黙っていた。許可なく出かけたうえに、組織内の根回しもなく中尾社主の家を突撃したことを知られてしまえば、間違いなく雷を落とされるだろう。

「昨日は私用で忙しかったもので」

歯切れ悪く誤魔化すと、デスクは「ははは」となぜか上機嫌そうに笑った。「そうだったな、おまえも円花もいなかったのなら仕方ないか」

「仕方ないって？」

そう訊ねたとき、「おっつー、山田と深っちゃん」という円花の声が飛んできた。普段に比べれば勢いやボリュームは半減しているが、出勤してくれて安心する。今日はとにかく円花に、たとえ文化部がなくなっても早まって退職しない方がいいと説得しよう。そんなことを考えていると、深沢デスクがニヤニヤをおさえられない調子で教えてくれた。

「文化部の存続が決まったぞ。昨日おまえたちがいなかったあいだに、部長から報告があったんだ。詳しいことはメールボックスを確認してみればいい。今さっき記者みんなにもメールが送信されたばかりだから」

「どうして今になって」と山田が確認するのをまた押しのけて、円花が「マジで！　どうして急にそんな展開になったの？　前の会議じゃ、部長も深っちゃんもこの世の終わりみたいな顔してたじゃない」と声を大きくする。

「あの中尾社主がついに動いてくれたんだ。自身の持ち株を手放すことを条件に、記者たちの配属や紙面の編集方針には一切口を出さないことを約束させたらしい。断ればすべて白紙に戻すとまで強気に出て、イチかバチかの勝負だったそうだが、最終的にはＵｕＲＬ社も承諾せざるをえなかったって」

拍子抜け（ひょうしぬ）けして、円花の方を見る。どうやら彼女も同じ気持ちでいるようだった。つまり昨夜、社主の邸宅に行って直談判せずとも、独自に動いてくれていたということだ。だったらそう教えてくれればいいのにと思わなくもないが、それが中尾という食えない人なのかもしれない。

「あと、文化部の将来については、君たちの連載の評判がよかったことも、少なからず影響したと思うよ」

そういうこともっと早くに言ってほしいものだ。深沢デスクは会議の予定があるらしく、オフィスを出ていった。円花は山田の背中をバシバシと叩き「今夜は宴会だね！ というか、今からパーッとやっちゃう？」と満面の笑みを浮かべていた。

エピローグ

昨晩までの嵐が嘘のように穏やかな朝、山田は釣り用の上着にジーンズという格好で会社にやってきた。ただし建物には入らずに通用口のある裏手に回る。〈ツレル・パターン〉によると今日は釣れる日なので、ここに来ればあの人に会えるに違いないからだ。

予想通り、一人の老釣り師が群青色（ぐんじょういろ）の海に釣り糸を垂れていた。山田は数メートルのところまで近づくと、持参したクーラーボックスを地面に置いて「おはようございます、社主」と声をかけた。

「来るんじゃないかと思っていたよ」

「先日は突然押しかけて申し訳ありませんでした」

「いいんだ」

うっすらと雲のかかった対岸のビル群が、初冬の太陽を浴びてきらきらと輝く。折り畳みチェアに腰を下ろし、釣り竿の準備をしたあと、黙々（もくもく）と当たりを待つ。太陽光と冷たい風のバランスが心地よく、いつもなら眠気を誘われただろうが、となりに社主がいるせいで緊張しっぱなしだ。

「その後、文化部のみなさんはどうかね」

中尾から訊ねられ、山田は「はいっ」と力を込めて返事する。

「なんか今日は別人みたいだね」

「そ、そうでしょうか」と冷や汗をかきながら、近況を報告した。

あのあと、円空仏を所蔵する名古屋市内のお寺には取材をつづけ、住職が検証を依頼した地元の博物館や円空の専門家が、胎内仏が本当に円空による作だと突き止めるまでの過程を追った。

新たな円空仏が時を経て見つかった、という記事は夕刊の一面を飾り、漱石のスクープにつづいて文化部の存在感を示せたと好評だった。といっても〈ジャポニスム謎調査〉は円空仏を最終回として終了し、円花は別の先輩記者と新しく、民藝についての連載の準備をはじめている。

山田も少し前から温めていた、地方の文化事業の現状と課題についての取材を進めようとしていた。それははじめて深沢デスクからゴーサインの出た単独企画であり、各回さまざまな地域を訪れた〈ジャポニスム謎調査〉での経験や、幼なじみの丸吉との再会からアイデアを得たものだ。

とはいえ、円花とは相変わらずとなりのデスクに座って日々顔を合わせている。マイペースぶりは健在で、彼女をはじめ他の記者たちと切磋琢磨していた。

「それは安心だね」と中尾は朗らかに笑った。

「本当にありがとうございました。中尾社主のおかげです。いつぞやは偉そうに物申してしまい、恥ずかしい限りですが」

「そんなことないよ、山田くん。じつは君がわが社の最終面接で言ったことは、未だによく憶えているんだ」

緊張のあまり、自分ではほぼ忘れてしまっているので、山田は下手なことを言わなかっただろうかと慌てる。

「釣りを通して、自分はいろんなことを学んできた。自然の摂理を論理的に整理し、試行錯誤しながら魚を追う。しかしどんなに努力して正確な方法を見つけたと思っても、なぜかうまくいかないことの方が多い。そんなようなことを君は言ったんです」

就活生の言葉を憶えてくれているなんて、と山田は感激する。ずいぶん前のことなので自分でも忘れていたが、改めて持ってこられると恥ずかしい。中尾は構わず、目をつむって語りつづける。

「逆に、なにも知識のない素人が突如として幸運を手にすることもある。答えがないことを面白がれる人じゃないとつづかないけれど、つづけていれば必ず報われる。そして個人の戦いに思えるけれど、じつはみんなで協力するほどに大きな獲物が得られるってね」

「憶えていてくださって、ありがとうございます」

と感激してみせながら、内心そんなこと言ったかなと首をかしげる。

このオジジ——ではなく中尾社主は一見いいことを言っているようで、どうも適当さが拭えないのはなぜだろう。実際、漁船はたいてい個人で運営されるし、釣りは孤独になれるからこそ好きだという人も多い。いくら緊張していた場とはいえ、自分が心にもないことを言うとは思えなかった。

「ま、お礼を言うのはまだ早いですよ。引きつづき円花くんと協力して、いい記事を書いてください」

「はい、もちろんです」と気をとり直して大きく肯く。

「それが君の熱烈な希望だったんだからね」

中尾がこちらを見て、ニヤリと笑った。

「え、熱烈? いや、あれはちが——」

慌てる山田の手に、ガツンとアタックがあった。

「来た来た、浮きも動いてるよ!」と、中尾からも鼓舞される。

とりあえず、今はこいつを釣りあげることに集中しよう。

〈主要参考文献と記事〉

北畠双耳、北畠五鼎著『硯の文化誌』（里文出版）一九九八年
クリストフ・マルケ著『大津絵　民衆的諷刺の世界』（角川ソフィア文庫）二〇一六年
横谷賢一郎著「大津絵――土産物肉筆絵画としての答え」（『美術フォーラム21　第36号
　プリミティーブ絵画？――近現代を生きる大津絵』醍醐書房）二〇一七年
原武哲著『喪章を着けた千円札の漱石　伝記と考証』（笠間書院）二〇〇三年
前田潤著『漱石のいない写真　文豪たちの陰影』（現代書館）二〇一九年
不動まゆう著『灯台はそそる』（光文社新書）二〇一七年
テレサ・レヴィット著、岡田好惠訳『灯台の光はなぜ遠くまで届くのか　時代を変えたフ
　レネルレンズの軌跡』（講談社ブルーバックス）二〇一五年
梅原猛著『歓喜する円空』（新潮社）二〇〇六年

◆初出　双葉社文芸総合サイト「カラフル」
二〇二一年四月一二日～二〇二二年三月二五日
書籍化にあたり、
「旅する文化部取材ノート」から改題しました。

◆この物語はフィクションです。
実在の人物、団体などには一切関係ありません。

双葉文庫

い-63-01

ジャポニスム謎調査
新聞社文化部旅するコンビ

2022年6月19日　第1刷発行

【著者】
一色さゆり

【発行者】
箕浦克史
【発行所】
株式会社双葉社
〒162-8540 東京都新宿区東五軒町3番28号
［電話］03-5261-4818(営業部)　03-5261-4833(編集部)
www.futabasha.co.jp(双葉社の書籍・コミックが買えます)
【印刷所】
中央精版印刷株式会社
【製本所】
中央精版印刷株式会社

【フォーマット・デザイン】
日下潤一

ISBN978-4-575-52577-9 C0193
Printed in Japan